Le roi qu'elle aimait

NATALIE ANDERSON

# Le roi qu'elle aimait

*Traduction française de*
CÉLIA VAL

AZUR
HARLEQUIN

*Collection :* Azur

*Titre original :*
THE NIGHT THE KING CLAIMED HER



**HARPERCOLLINS FRANCE**
83-85, boulevard Vincent-Auriol, 75646 PARIS CEDEX 13
Service Lectrices — Tél. : 01 45 82 47 47 - www.harlequin.fr
ISBN 978-2-2804-8306-3 — ISSN 0993-4448

Composé et édité par HarperCollins France.
Imprimé en avril 2023 par CPI Black Print (Barcelone)
en utilisant 100% d'électricité renouvelable.
Dépôt légal : mai 2023.

FSC
www.fsc.org
MIXTE
Papier issu de sources responsables
FSC® C159065

Pour limiter l'empreinte environnementale de ses livres, HarperCollins France s'engage à n'utiliser que du papier fabriqué à partir de bois provenant de forêts gérées durablement et de manière responsable.

# 1.

*Vendredi, 16 h 05*

— *Partez. Maintenant !*

Une alarme retentit, soulignant l'urgence de l'ordre qui venait de lui être donné. Elsie Wynter ferma les yeux et se pelotonna dans son siège. Elle ne voulait pas partir. Pas une deuxième fois.

— Mademoiselle ?

Quelqu'un lui parlait, penché sur elle. Une femme. Pas *lui*…

— Mademoiselle ? Attachez votre ceinture, je vous prie.

— Bien sûr, dit Elsie, suivant docilement la consigne.

Elle obéissait toujours aux consignes, c'était le meilleur moyen de ne pas se faire remarquer. Tout en s'attachant, elle jeta un coup d'œil à travers le hublot.

— Est-ce que nous sommes déjà en Espagne ?

— Nous avons été déroutés, lui répondit l'hôtesse. Une passagère est en train d'accoucher, mais tout semble sous contrôle.

— La pauvre ! murmura Elsie, elle doit être inquiète…

L'avion pivota, révélant une somptueuse étendue d'eau bleu saphir. Une île apparut enfin, grandissant à vue d'œil. Bientôt, Elsie distingua de belles villas nichées au creux des falaises. Au nord, l'île était plus étroite. Un imposant palais s'y dressait, dominant les rochers à la pointe de l'île, forteresse défiant les éléments et les ravages du temps. L'édifice n'avait pas bougé depuis des siècles, à la fois palais, citadelle et prison médiévale.

Le cœur d'Elsie manqua un battement. Elle avait reconnu les lieux… Le sort pouvait-il être aussi cruel ?

— Où atterrissons-nous ? demanda-t-elle, la gorge serrée.

— À Silvabon, dit l'hôtesse. C'est beau, n'est-ce pas ?

Beau à vous en briser le cœur… Elsie le savait d'expérience. Silvabon était un paradis méditerranéen, hors du temps, un vrai joyau au sein d'une mer immense. Jouissant de ressources naturelles abondantes, le royaume avait forgé des alliances stratégiques pour sa sécurité – dans les temps anciens, par le jeu de ses alliances avec d'autres familles royales, et plus récemment, par des contrats garantissant l'accès à son précieux espace aérien.

Elsie savait que leur trajet reliant Athènes à Madrid passerait non loin de l'île, mais comment aurait-elle pu prévoir que leur avion serait dérouté ?

Un souvenir passa comme un flash : un pas ferme, un rire espiègle, un long regard… La plaie se rouvrit, brûlante, alors que le souvenir se précisait. Elsie prit une profonde inspiration pour évacuer l'humiliation, le rejet trop pénibles pour être de nouveau vécus. Elle avait travaillé suffisamment dur pour ne pas laisser un simple souvenir compromettre sa sérénité. Pourtant, d'autres souvenirs se bousculaient en elle, des souvenirs de lui…

Elsie avait passé deux mois dans ce lieu de carte postale, sous le soleil, vivant une vie de rêve… jusqu'à ce qu'elle soit évincée sans cérémonie.

*Partez. Maintenant !*

L'ordre était venu du roi en personne. À cet instant, elle avait été désarçonnée, stupidement sans doute, par la cruauté qu'elle sentait dans sa voix. Sa véritable erreur, cependant, avait été de croire, l'espace d'une seconde, que le roi pourrait…

*Non*. Après lui avoir signifié son congé, il avait agi de façon humiliante, sans équivoque. Elsie avait alors tourné les talons, se jurant de ne jamais revenir.

Et d'ailleurs, elle ne revenait pas, songea-t-elle. Leur avion n'atterrissait que pour déposer la parturiente. Personne d'autre n'allait débarquer. Il n'y avait aucun souci à se faire.

Et cependant, alors qu'ils se posaient, le pouls d'Elsie devenait erratique. Une armée de jets privés était sagement alignée sur le tarmac, telle une flottille de jouets pour milliardaire. Des bannières bleu, noir et or, aux couleurs de Silvabon, flottaient devant le terminal. Le temps était parfait. À Silvabon, tout était toujours parfait. Et c'était normal puisque le roi Felipe Roca de Silva y Zafiro allait être couronné dans moins de vingt-quatre heures, la période de deuil consécutive au décès de son grand-père étant achevée.

Une ambulance arriva toutes sirènes hurlantes et il ne fallut que quelques minutes pour y transborder la patiente. Les services du roi Felipe étaient incroyablement efficaces. Particulièrement son service de sécurité…

La voix du pilote résonna dans les haut-parleurs.

— Veuillez accepter mes excuses pour ce délai. Malheureusement, nous allons devoir rester ici quelque temps.

Les poumons d'Elsie manquèrent soudain d'air.

— L'autorisation de nous poser était due à l'urgence médicale, poursuivit le pilote. L'espace aérien de Silvabon est fermé, car le couronnement du roi a lieu ce week-end. Nous ne pouvons pas redécoller avant la fin de la cérémonie.

Un brouhaha de protestation retentit dans la cabine, mais Elsie, elle, fut incapable d'émettre le moindre son.

— Vous serez logés dans un hôtel à l'aéroport, précisa

de la bouche de son chef de la sécurité, surtout un jour comme celui-ci. Le major Garcia, proche de la retraite, avait consacré des mois à la préparation de ce maudit couronnement. Ainsi, dans moins de vingt-quatre heures, le roi pourrait offrir à son peuple un spectacle inoubliable. De la pompe, des cérémonies… Une bonne publicité pour l'île. C'était la première célébration de la décennie. Et la dernière, si tout allait comme Felipe le souhaitait.

— Si vous voulez me parler de l'avion qui transportait une femme enceinte, Ortiz m'a déjà demandé l'autorisation de le faire atterrir. Je croyais que c'était terminé.

— C'est terminé, effectivement, Majesté.

Felipe leva les yeux des papiers qu'il consultait.

— Alors quoi ? L'équipe médicale n'a pas pu…

— Tout s'est bien passé. Le bébé est en bonne santé.

— Parfait, jeta Felipe, retournant au projet de contrat commercial qu'il examinait. Donc…

— Eh bien, les passagers doivent rester à Silvabon jusqu'à la fin de votre couronnement. Nous ne pouvons pas laisser l'espace aérien ouvert plus longtemps.

Felipe retint un soupir. Ses services de sécurité étaient ridiculement pointilleux. Peut-être parce qu'il n'avait pas d'héritier… S'il devait disparaître subitement, ses conseillers craignaient une guerre de succession, car il n'existait aucun membre de la famille proche qui puisse prendre la suite. Mais Felipe n'avait aucune intention de disparaître avant l'heure, et de toute façon, sa déclaration de succession était prête. Elle attendrait, cependant, car il était trop tôt pour qu'il la publie. Bien sûr, avoir des enfants résoudrait le problème de façon naturelle, mais cela n'était pas dans ses projets : il avait un plan B. Et il le révélerait en temps utile, une fois le sacre parachevé.

Ce couronnement avait l'absolue priorité. Et s'il était malheureusement vrai que les passagers de cet avion allaient en subir les conséquences, Felipe n'entendait pas stresser son équipe à ce sujet. Changer les consignes de sécurité serait trop complexe. Il y avait foule de personnages importants venus de l'étranger pour la cérémonie, et qui comptaient sur la sûreté qu'offrait le royaume. Satisfaire les demandes de chacun avait été un vrai casse-tête, on ne pouvait pas tout bouleverser au dernier moment.

— Heureusement, nous avons pu loger tous les passagers, ajouta le major. Nous subviendrons à leurs besoins, bien sûr.

Felipe approuva de la tête.

Le major Garcia s'éclaircit la gorge.

— Naturellement, nous avons vérifié leurs identités pour nous assurer que l'avion n'était pas un cheval de Troie.

Felipe étouffa un sourire. Oui, Garcia était sur les dents, et il ne laissait rien passer. Silvabon était une monarchie constitutionnelle, mais même si le parlement élu avait de larges pouvoirs, le roi en conservait sensiblement plus que dans les autres pays dotés du même régime. Ce pauvre Garcia avait déjà laissé filer un roi, il ne tenait pas à en perdre un autre…

— Je présume que personne à bord ne venait dans l'intention de perturber le sacre ?

Le major observa une pause avant de répondre, et Felipe leva la tête, alerté. L'homme se tenait bien droit d'ordinaire, mais là, il était tendu.

— Vous avez relevé un problème, Garcia ?

Il y avait une certaine méfiance dans le regard du major quand il croisa celui de son roi.

— Elsie Wynter est à bord.

Felipe se figea.

— Elle est inscrite sous le nom d'Elsie Bailey, précisa Garcia, s'éclaircissant la voix. C'est elle qu'Amalia…

— Je vois de qui il s'agit, l'interrompit sèchement Felipe.

Dans sa mémoire, les flashs se succédaient : des cheveux blonds en désordre, un rire de gorge bref et voilé, de longs cils abaissés sur un regard d'un bleu trop pâle…

— Elle est sur ce vol qui n'était pas censé atterrir ? demanda-t-il enfin, s'apercevant que son ton s'était crispé.

Garcia hocha la tête.

— C'était un vol direct pour Madrid.

Felipe était désemparé. Pourtant, la présence inopinée d'Elsie n'aurait pas dû l'affecter : c'était le simple fruit du hasard. Il ne devrait même pas s'en occuper.

— Elle voyage seule ?

Pourquoi avait-il posé cette question ? En quoi cela avait-il la moindre importance ?

— Oui, Majesté.

Quelque chose se noua dans le ventre de Felipe.

— Amenez-la au palais, ordonna-t-il d'un ton bref.

— Majesté ?

— Vous avez bien compris. Amenez-la sans délai.

Les mots étaient sortis de sa gorge avant même d'avoir été réfléchis.

*Je la veux…*, songea-t-il.

Une soudaine fureur s'empara de lui. Non. Le désir n'était pas la raison de sa demande. Elsie, qu'elle se fasse appeler Wynter ou Bailey, ne devait pas échapper aux conséquences de ses actes. Elle allait devoir s'expliquer. Il voulait entendre de sa belle bouche les raisons de sa fuite. Pourquoi elle s'était évanouie dans la nature, abandonnant Amalia, sa belle-sœur si vulnérable, protégée du roi…

Felipe abhorrait les déserteurs, ces gens qui tournaient le dos à leurs responsabilités pour tout quitter. Comme ses parents l'avaient fait. Il ne voulait pas voir Amalia souffrir ce qu'il avait souffert. Elle avait déjà trop enduré.

— Majesté, je…

— Sécurité de l'État. Pas de vagues, pas de témoins, trancha Felipe. Mettez Ortiz sur l'affaire. Compris ?

Il plongerait à nouveau son regard dans les yeux clairs d'Elsie, mais il ne serait pas, cette fois, aveuglé par leur beauté. Il lui revenait de protéger sa belle-sœur. Parce que la première fois, il avait échoué.

Et aujourd'hui, Elsie allait payer.

# 2.

*Trois mois plus tôt*

— Elle pourrait présenter un risque pour la sécurité.

Felipe se raidit. Il avait oublié qu'Ortiz, son fidèle garde du corps, était à ses côtés, attendant ses ordres. Felipe eut un mouvement d'humeur qu'il se reprocha aussitôt. C'était lui qui méritait des reproches, lui qui s'était laissé distraire au lieu de jauger la situation. Mais il n'avait fallu qu'une seconde pour que les accords de musique et la voix douce, un peu voilée, ne le désarment…

Il serra les dents pour tenter de refouler la réaction trop vive de son traître corps. En vain ! Felipe la nomma, non sans amertume : du désir, voilà ce que c'était… Cette femme n'était pas ce qu'il avait imaginé. Elle était bien pire que cela…

— Un risque ? Vous le pensez vraiment ? grommela-t-il.

Il la voyait pour la première fois, et rien ne l'avait préparé au choc que lui causait sa beauté. La robe bleue à fleurs blanches qu'elle portait mettait en valeur ses yeux d'azur. Des cheveux d'un blond soyeux, un peu en désordre, encadraient un visage en forme de cœur. Elle jouait merveilleusement de son instrument, une curieuse guitare de petite taille. Et elle chantait… comme un ange.

Délicieuse, voilà ce qu'elle était !

En vérité, L'équipe de sécurité de Felipe était trop zélée.

La disparition inopinée de son père, des années plus tôt, avait déclenché des mesures de protection renforcées, jamais remises en question. Si Felipe voulait pouvoir respirer, il fallait qu'il se distancie des exigences de ses gardes du corps. Car pour eux, tout et chacun représentait un risque... C'est pour cela qu'il avait confié à Ortiz la sécurité d'Amalia : l'homme était un peu moins paranoïaque que les autres. Pourtant, voilà qu'il se tenait à ses côtés, réprobateur... Mais comment penser que cette jeune beauté puisse représenter une menace ? Si ce n'était qu'un simple regard sur elle suffisait à tendre chaque muscle de son corps ! Mais avant tout, il devait songer à Amalia. Amalia qui lui était confiée...

Devenir le tuteur d'une adolescente de treize ans qu'il n'avait jamais rencontrée n'avait pas été chose facile. Mais Felipe n'avait pas eu le choix. Il l'avait accueillie six mois plus tôt. Calme au point d'apparaître léthargique, elle ne ressemblait pas à ce qu'il s'imaginait des adolescents. Mais elle se remettait à peine de ses blessures et pleurait encore ses parents. Elle avait trop souffert pour son âge. Et comme cette jeune femme était la première rencontre qu'Amalia faisait à Silvabon, Felipe se devait d'être prudent. Amalia n'était pas de sang royal et donc, n'avait pas à subir les rigueurs de la vie de palais. Mais tant qu'elle restait sous sa protection, il devait s'assurer de ses fréquentations. Amalia semblait attirée par celle qui jouait si bien à ses côtés. Qu'avait donc cette jeune femme pour retenir ainsi l'attention de sa pupille ?

— Elle prépare la pâtisserie servie au café, précisa Ortiz à mi-voix alors qu'ils s'approchaient. L'établissement est petit mais très fréquenté. Ses gâteaux au citron sont délicieux.

Ah oui ? L'idée qu'Ortiz ait goûté sa cuisine agaça étrangement Felipe.

Pendant la dernière quinzaine, Amalia s'était rendue à ce café chaque jour. Felipe avait pensé qu'elle y rencontrait un garçon, mais non, il le constatait aujourd'hui en compagnie d'Ortiz, Amalia venait voir ce petit brin de femme qui portait un tablier de cuisine sur sa robe évasée, serrée à la taille. À ses oreilles pendaient de longues boucles d'argent sculpté qui attirèrent le regard de Felipe. Il admira son cou gracile tendu vers l'instrument dont elle jouait.

Chassant ces pensées inconvenantes, le roi s'efforça de reprendre le contrôle de lui-même, comme lorsqu'il plongeait dans les profondeurs sombres et accueillantes de la mer.

Amalia et sa compagne étaient assises au fond du café, à la vue de tous. C'était au tour d'Amalia de pincer les cordes de l'instrument. Rien d'alarmant, sans doute, dans ce spectacle. Mais voir Amalia aussi proche de sa nouvelle amie alerta Felipe. Pour quelle raison ? Tout ce que faisait celle-ci, c'était de montrer à sa belle-sœur comment placer ses doigts sur les cordes.

— Cela fait trois mois qu'elle vit à Silvabon, reprit Ortiz à voix basse. J'ai quelques renseignements sur elle, mais trop peu. Voulez-vous que j'essaye d'en savoir plus ?

Felipe vit la jeune femme blonde adresser à Amalia un sourire d'encouragement.

— Non, pas pour le moment. Je m'en charge.

Il s'avança. Et pourquoi pas ? N'était-il pas le beau-frère d'Amalia ? Rien de ce qu'il faisait pour elle ne semblait convenir à sa pupille. Se mêler de ses relations n'allait pas le faire rentrer dans ses bonnes grâces ! Tant pis. Sa priorité était d'assurer la sécurité d'Amalia.

Il s'approcha de la jeune fille.

— Amalia, peux-tu me présenter ton amie ?

Comme prévu, Amalia afficha son agacement, mais ce qui surprit Felipe fut le choc qu'exprimèrent les traits de sa compagne. La méfiance agrandit son regard, et ses joues se colorèrent vivement.

Felipe était habitué à ce que les gens réagissent étrangement à sa présence : ils se troublaient, bafouillaient, baissaient les yeux devant leur roi… Mais cette fois, c'était différent. Car même si le visage de la jeune femme s'était empourpré, elle soutenait son regard avec une froide tranquillité. Peut-être Ortiz avait-il eu raison de s'alarmer…

— Comme si tu ne savais pas déjà qui elle est ! rétorqua Amalia, boudeuse. Je t'ai vu parler avec le capitaine Ortiz.

Comme à son habitude, Amalia répondait avec insolence. Felipe serra les dents. Être coincée ainsi dans un palais, à l'âge de l'adolescence ? Il comprenait combien cela pouvait peser, si on n'avait pas d'échappatoire… Mais il ne savait pas comment alléger le quotidien d'Amalia. Celle-ci devait comprendre que sa nouvelle position entraînait des contraintes et des risques.

— Sait-elle qui tu es ? demanda-t-il.

Le visage d'Amalia se ferma.

— Essayes-tu de me dire qu'elle ne me fréquente qu'à cause de mes liens avec le palais ? Elle ne sait pas que nous sommes parents, figure-toi !

— Bien sûr que si. Tout le monde ici sait qui tu es.

— Eh bien, elle ne le savait pas jusqu'à ce que son patron le lui apprenne, et nous étions déjà amies avant cela, rétorqua Amalia d'un air triomphant.

Elsie assistait à ce petit dialogue sans qu'on pense à l'y inclure, une étincelle amusée dansant dans son regard.

— Vous savez que je suis là ? dit-elle en dévisageant Felipe. Vous pouvez me parler directement. Je suis Elsie Wynter et vous êtes le roi, le beau-frère d'Amalia.

Elle ne s'était pas levée en sa présence, comme elle l'aurait dû. Elle n'avait pas fait la révérence. Ses yeux troublants de beauté n'exprimaient aucune peur, tout juste une l'hôtesse au micro. Nous vous présentons toutes nos excuses pour ce désagrément. Si vous avez besoin de reporter la suite de votre voyage, notre personnel est à votre disposition.

Le voyage d'Elsie devait se terminer à Madrid, où l'avion aurait dû atterrir. Elle avait décidé de passer le reste de son été en Espagne. La Grèce était merveilleuse mais lui rappelait trop Silvabon. Elle avait besoin de l'anonymat qu'offraient les grandes villes et Madrid, heureusement, était loin de la mer. Elle trouverait un autre emploi, dans un autre café, et continuerait à épargner jusqu'à ce qu'elle puisse s'installer ailleurs. L'Angleterre, son lieu de naissance, ne figurait pas sur sa liste. Trop de souvenirs tristes, et même douloureux, s'y rattachaient… Or voilà qu'elle se retrouvait ici, à Silvabon, dans l'île qui aurait pu devenir son refuge, comme elle l'avait cru un moment ! Jusqu'à ce que les manières brutales du roi ne viennent l'en déloger… Il avait tout gâché.

Mais il n'allait tout de même pas venir la dénicher ici ! D'ailleurs, selon toute vraisemblance, il n'avait pas dû lui accorder une pensée depuis qu'il l'avait chassée. Elsie n'avait pas même pu dire au revoir à Amalia, sa seule véritable amie, la belle-sœur du roi. Après avoir été éconduite par ce dernier, Elsie n'avait pu prendre congé de la jeune femme. Partir ainsi, comme une voleuse, l'avait profondément blessée. Le roi l'avait blessée, de toutes les façons possibles.

Elsie lutta pour calmer l'anxiété qui la gagnait. Une nuit dans un hôtel d'aéroport, ce n'était rien. Personne au palais ne saurait qu'elle se trouvait ici.

— Majesté, nous avons un problème.

Ce n'était pas ce que le roi Felipe voulait entendre

ironie légèrement moqueuse. Pendant un moment, Felipe la dévisagea et elle lui rendit son regard. Œil pour œil… Que pensait-elle de lui ? Aimait-elle ce qu'elle voyait ? Soudain, il fut pris d'un étrange élan, qui le toucha au plus profond. Il aurait voulu s'approcher, mais il resta immobile. Ce n'était pas la première beauté qu'il croisait, il n'allait pas perdre la tête. Mieux valait observer, attendre. Soudain, il vit la résignation dans son regard bleu trop pâle. Elle ne baissait pas les yeux mais tout défi les avait quittés.

S'attendait-elle à être chassée parce qu'il avait parlé avec son équipe de sécurité ? Avait-elle des choses à cacher ? Sa réaction avait de quoi alerter, d'autant qu'il se devait de protéger Amalia. Sa curiosité en fut doublement piquée.

— Amalia passe bien du temps avec vous ! lança-t-il, furieux que sa voix sonne comme celle d'un grand frère protecteur.

Amalia vola au secours de son amie.

— Je suis là pour répondre à tes questions !

— Plus tard. Tu es en retard pour ta séance de kiné. Il est temps de partir.

— Alors tu es venu jusqu'ici pour me ramener en prison ? rétorqua sa belle-sœur, le menton levé.

— En prison ? répéta Elsie dans un rire. Oh non, Amalia, ne détruis pas mes rêves sur la vie de palais…

La jeune fille esquissa un sourire, à la grande surprise de Felipe qui ne l'avait pas souvent vue sourire depuis son arrivée au palais… Et pour ne rien arranger, Amalia assimilait le palais à une prison ? Mauvaise nouvelle !

Elsie avait reporté sur lui son regard à nouveau empli de ce défi tranquille.

— Je suis navrée, nous n'avons pas vu le temps passer.

— Amalia l'a très bien vu, elle n'a pas pris les messages sur son portable.

— C'est moi qui lui ai demandé de le mettre en silencieux.

Felipe se tendit de nouveau. Pourquoi ne voulait-elle pas qu'Amalia utilise son téléphone ?

— Je tenais à ce que rien ne perturbe sa concentration, précisa Elsie comme si elle lisait en lui.

— Donc, son retard est vraiment votre faute ?

— C'est cela.

Un léger haussement de son épaule découvrit un peu de peau et il eut le désir fou de tendre la main pour savoir si cette peau était aussi tiède et douce qu'elle le paraissait.

Amalia rendit l'instrument à Elsie et se leva avec un soupir.

— Il va vouloir t'éloigner de moi, à présent. S'il te plaît, ne l'écoute pas. Je tiens à te revoir !

Sur ce, la jeune fille quitta les lieux dignement, faisant de son mieux pour ne pas boiter. Elle s'était mise à porter ses cheveux libres dernièrement, mais cela ne cachait pas les cicatrices de son visage.

Felipe serra les dents, peu habitué qu'il était à l'échec. Or avec Amalia, il échouait… Mais il n'avait aucune expérience d'une relation de ce type. Il n'avait eu ni frère ni sœur. Pas plus qu'Amalia, dont il se retrouvait à présent tuteur plus que grand frère. Amalia n'avait aucun compagnon de son âge. Et cette jeune femme ? Elle était plus proche en âge de sa belle-sœur qu'il ne l'était lui-même.

Il voulait protéger Amalia de tout ce qui pouvait lui nuire. Ce qui faisait de lui une sorte de garde du corps… Fondamentalement, il voulait le meilleur pour elle mais n'avait qu'une vague idée de ce que cela pourrait être. Et il savait encore moins comment le lui procurer.

— Elle sait décocher une pique, n'est-ce pas ? fit remarquer Elsie avec un sourire moqueur.

Felipe arracha son regard de la peau crémeuse de la jeune femme et se retrouva perdu dans ses yeux bleu glacier. Il vit ses pupilles s'agrandir : pas de peur, il en était sûr. Donc, cette réaction inconsciente venait d'ailleurs…

— Elle est plus vulnérable qu'elle ne le croit, répondit-il avec franchise.

Elsie hocha la tête.

— Si vous croyez que je ne le sais pas, c'est que vous me prenez pour une idiote.

— En toute honnêteté, je ne sais pas ce que vous êtes…

Les yeux d'Elsie lancèrent des éclairs.

— Vous ne m'avez donc pas jugée au premier coup d'œil ?

— Non. On dirait que les jugements expéditifs sont plutôt votre fort…, rétorqua Felipe, s'approchant malgré lui.

À présent qu'il l'avait rejointe, quelque chose se calmait en lui, comme s'il avait pansé une blessure. Il sentit une odeur de citron dans les cheveux de la jeune femme et en fut ému. Ses yeux n'étaient plus froids à présent, et il eut l'impression que l'ambiance entre eux s'était détendue.

— Qui êtes-vous donc, Elsie Wynter ? Et pourquoi êtes-vous ici ?

— Comme si vous n'aviez pas fait une enquête à mon sujet !

Du menton, elle désigna l'homme qui se tenait à quelques mètres de Felipe. Et le deuxième, un peu plus loin. Avec oreillettes et arme dissimulée sous la veste, son service de sécurité était aussi repérable que les soldats en uniforme qui gardaient le palais…

— C'est moi à présent qui effectue les vérifications. En détail.

Il savait qu'il s'attardait trop longuement sur les détails en question, mais comment résister ? Les taches roses sur les pommettes d'Elsie et le souffle un peu précipité qui s'échappait de ses lèvres pleines la trahissaient. Pourtant, elle soutenait fièrement son regard. L'électricité qui circulait entre eux ? Oh ! elle en était consciente, tout comme lui.

— Et que vous apprennent vos vérifications ?

Qu'elle était plus belle qu'il ne l'imaginait. Que quelque chose dans son attitude lui posait question. Et pourtant, il avait envie de lui faire confiance, sans réserve aucune… Aussi, il voulait tout connaître d'elle, ses secrets, son passé, son avenir, ce qui lui arrachait des larmes ou un rire. Et son goût… Le désir de la goûter le rendait fou.

Alors qu'il hésitait à répondre, elle avait pâli, ce qui ne fit qu'attiser sa curiosité.

— Je ne vais pas m'installer à Silvabon, affirma-t-elle alors. Amalia m'a entendue jouer au fond du café pendant une pause. Elle m'a demandé de lui montrer ma mandoline. J'ai accepté avant de savoir qui elle était.

C'était donc de la mandoline qu'elle jouait ! Il hocha la tête. Ce qu'il retenait de tout cela, c'était qu'elle l'informait de son départ prochain. Représentait-elle une menace ? Une voix en lui répondait par l'affirmative…

— Mais vous savez qui est Amalia, maintenant.

— Mon patron m'en a avertie l'autre jour, quand il s'est rendu compte de sa présence. Nous nous asseyons au fond, c'est plus discret, à l'heure où tout est encore calme. Elle a trois gardes qui l'accompagnent, de toute manière.

— Et elle vous voit chaque jour. D'où ma présence ici.

Un clair ressentiment traversa le regard d'Elsie.

— Parce que me rencontrer pose un problème ?

— C'est ce dont je dois décider.

Il inspira profondément. D'habitude, il ne partageait aucune information personnelle, mais dans ce cas, c'était différent.

— Les parents d'Amalia sont morts dans un accident de train il y a sept mois de cela. Elle se trouvait avec eux, elle a été sévèrement blessée.

— Elle me l'a dit.

— Vraiment ?

À sa connaissance, Amalia n'avait parlé à personne de l'accident qui avait emporté sa mère et son beau-père, la laissant avec un boitillement qui pourrait bien la handicaper à vie. Avec lui, en tout cas, elle était restée muette. Leurs relations avaient été tendues dès le début, et avec le temps, le fil de la communication s'était tout simplement rompu. Alors Felipe avait engagé un thérapeute. Mais Amalia ne s'était pas plus confiée à lui qu'à quiconque au palais. Elsie était la seule avec qui elle ait eu envie de communiquer.

Elsie le regarda.

— Toutes mes condoléances.

Il y avait une inflexion dans sa voix qu'il avait entendue précédemment, lorsqu'elle chantait. L'écho de sa chanson résonna dans sa tête et il se crispa.

Elle lui avait adressé ses condoléances, à lui, personnellement. Elle reconnaissait donc qu'il avait souffert, et c'était comme un baume sur une vieille blessure, très doux… Presque irritant aussi. Il repoussa cette marque de sympathie. Carlos, le beau-père d'Amalia, était son père aussi, certes, mais Felipe ne l'avait pas vu depuis dix ans. Il avait choisi de disparaître et Felipe avait choisi de l'oublier. Carlos s'était enfui au Canada avec sa maîtresse et la fille de celle-ci. Il n'avait jamais remis les pieds à Silvabon. Quant à la mère de Felipe, que son grand-père, le roi Javier, rendait responsable de l'échec de son mariage, elle avait quitté le palais elle aussi, irrémédiablement brisée.

Felipe était devenu l'héritier du trône, et l'objet des attentions de son grand-père, qui l'élevait d'une main de fer. Aujourd'hui, c'était au tour d'Amalia de ressentir la terrible solitude qu'on pouvait éprouver au palais. Il ne voulait pas qu'elle souffre comme lui avant elle…

Felipe compta mentalement jusqu'à dix, dispersant

délibérément ses souvenirs. Il pouvait maîtriser ses pensées, mais pas l'élan qui le poussait à regarder Elsie.

L'émotion qu'il lisait dans ses yeux était triste. Cependant, il y voyait autre chose que de l'empathie, comme l'écho d'une souffrance qu'il reconnaissait. Elle aussi avait perdu quelqu'un. Il se demanda qui, et encore une fois le désir de tout savoir d'elle le consuma. D'où lui venait cette soudaine fascination ? Ce n'était pas dans ses habitudes. Et ce n'était pas bon.

Elle se tenait devant lui, posée, dégageant une sérénité tranquille qui encourageait la confidence. Il baissa les yeux pour éviter son regard mais se laissa prendre à sa bouche. Une bouche un peu grande, aux lèvres pleines, bien ourlées. Il imagina soudain des draps froissés, un rire de gorge… C'était si déplacé qu'il en frémit. Felipe n'était pourtant pas homme à frémir. Alors il comprit qu'Ortiz avait raison. Cette Elsie Wynter était un risque, au moins pour sa tranquillité d'esprit et pour la maîtrise qu'il exerçait sur lui-même.

— Elle veut apprendre à jouer de la mandoline, reprit-elle doucement. Elle a l'oreille musicale. Mais je présume que vous le savez déjà.

Il n'en savait rien. Il n'avait pas la moindre idée de ce qui intéressait Amalia. Quand il l'avait vue pour la première fois, ramenée du Canada dans son jet personnel, elle se trouvait à l'hôpital. Elle n'avait pas pu aller à l'école de toute l'année, trop prise par la physiothérapie nécessaire à sa convalescence. Depuis le début de l'été, elle suivait les cours d'un tuteur pour rattraper son retard.

— Vous pourriez faire venir un professeur de musique au palais si vous ne voulez pas qu'elle sorte, reprenait Elsie.

— Pourquoi, ne pourriez-vous pas venir vous-même ?

La proposition avait été lâchée sans même qu'il y ait réfléchi. Mais il n'y avait pas à réfléchir beaucoup. Amalia avait besoin de distraction. Elle avait choisi Elsie, choisi la musique, et cette distraction était saine. Si Elsie et elle se voyaient au palais, sa pointilleuse équipe de sécurité pourrait souffler un peu. Sans parler du fait que…

Les lèvres d'Elsie s'écartèrent, le rose monta à ses joues. Et comment interpréter l'expression de son regard bleu ?

On pouvait dire de lui beaucoup de choses, songea Felipe : qu'il était imbu de lui-même, trop protecteur, autoritaire… Mais il savait réduire une femme au silence. Voilà ce que disait le regard d'Elsie ! Satisfait, il assimila cette information, tout en lisant distraitement le menu du jour placardé au mur.

— Je ne crois pas…

— Le palais n'est pas une prison, coupa-t-il avec froideur, la défiant de le contredire. Vous verrez si vos rêves ont un rapport avec la réalité… On viendra vous chercher à la grille d'entrée, à 14 heures. Ne soyez pas en retard.

— Mais je…

— Vous ne voulez pas la décevoir.

Le menton d'Elsie se redressa et une expression rebelle passa dans son regard.

— Sinon… ?

La satisfaction que ressentit Felipe n'avait que peu de rapport avec la maigre victoire qu'il venait de remporter. Il y avait autre chose, qui ressemblait fort à de la tentation.

— Sinon vous devrez m'en répondre.

Il ne put résister au désir de se pencher un peu vers elle avant d'ajouter :

— Personnellement.

# 3.

*Vendredi, 16 h 50*

— Mademoiselle Wynter ?

Elsie leva les yeux et se figea. L'un des membres de l'équipe d'élite qui assurait la sécurité du roi se tenait devant elle.

— J'aimerais vous parler, discrètement, reprit le garde, muni de son oreillette, le veston gonflé d'un holster.

Elsie jeta un coup d'œil aux passagers qui patientaient dans la salle d'attente de l'aéroport, repéra un autre garde un peu plus loin… Elle resserra nerveusement sa prise sur l'étui de sa mandoline. La dernière chose qu'elle voulait, c'était d'attirer l'attention. Mieux valait répondre tranquillement, comme si rien de tout cela ne la souciait.

— Oui, c'est à quel sujet ?

— Si vous voulez me suivre…

Consciente des regards qui s'attardaient sur eux, Elsie acquiesça. L'inquiétude la gagnait. Mais elle n'allait surtout pas faire de scène. Une humiliation publique ? Du mépris, un rejet ? Elle avait déjà vécu tout cela et ne tenait certainement pas à recommencer ! Mais dès qu'elle serait seule avec ce garde, eh bien, elle ne mâcherait pas ses mots !

Il l'avait interpellée sous le nom d'Elsie Wynter. Pourtant ses documents de voyage portaient le nom de Bailey. On s'était donc renseigné sur elle. Et ce n'était pas la première fois. C'était même pour cela qu'on l'avait bannie de l'île…

Le garde l'introduisit dans un bureau marqué « Sécurité de l'aéroport ». L'inquiétude grandit, puis fit place à l'anxiété. Allait-on la fouiller au corps ? Mais non, ils se contentèrent de traverser la pièce, sortirent par une autre porte et elle retrouva le tarmac. La chaleur de cette fin d'après-midi était douce comme une caresse, mais Elsie frissonna.

Une large limousine noire était garée juste devant eux. Un troisième garde, lui aussi en civil, lui ouvrit la porte arrière.

— Où est-ce que vous… ? commença-t-elle, déroutée par la tournure que prenaient les événements.

— Je vous en prie, mademoiselle, je vous assure que vous êtes parfaitement en sécurité.

Pourquoi le préciser, alors ? Y avait-il une menace ?

— Cela ne prendra que quelques minutes, ajouta l'homme.

Le personnel de l'aéroport encore sur le tarmac leur jetait des regards de côté. Elle grimpa dans la voiture, tenant fermement l'étui de sa mandoline. La porte se referma aussitôt. Elsie se trouvait seule à l'arrière du véhicule qui démarra aussitôt. Il s'était à peine écoulé deux minutes depuis que le garde l'avait abordée et à présent elle était en route vers… Son pouls s'accéléra : elle savait très bien quelle était sa destination. Ils avaient pris la route qui menait au palais. *Pourquoi ?* Là était la vraie question…

Des drapeaux ornaient les rues pavées, annonçant la cérémonie prévue le lendemain. C'était une ville de carte postale, mais Elsie n'était pas à même d'en apprécier le charme pittoresque. Pas alors que le palais se rapprochait à chaque seconde… Ce bâtiment évoquait les temps médiévaux, construit comme une forteresse pour protéger le roi et emprisonner ceux qui menaçaient son pouvoir. Au fil du temps, des améliorations architecturales en avaient rehaussé la gloire, sans pouvoir masquer sa destination première : afficher le pouvoir royal et jeter aux oubliettes ceux qui s'y opposaient.

Ils passèrent les grilles étincelantes. Elsie n'aurait jamais pensé revenir, encore moins victime d'un kidnapping ! La colère montait en elle. C'était bien en coupable qu'on la traitait ! Mais il n'y avait qu'une personne à blâmer…

— Si vous voulez bien me suivre, dit le garde en lui ouvrant.

En dépit de sa tenue légère, pantalon de toile et petit haut coupé court à la taille, Elsie avait chaud. Elle se sentait poisseuse. Elle releva rapidement une mèche de cheveux qui s'égarait sur son visage et quitta le véhicule, suivant le garde à l'intérieur du château. Il y régnait un silence menaçant. La fureur la gagnait : elle n'avait *rien* fait de mal !

Le garde ouvrit une porte et s'effaça pour la laisser entrer.

— Attendez ici, je vous prie.

L'instant d'après, elle était seule, absolument seule, dans une pièce où tout était fait pour intimider. De sa précédente visite, elle se rappelait un palais aux pièces larges, aérées, somptueusement décorées, jouissant de tout le confort moderne. Celle-ci ? Elle ne comptait pas même une fenêtre. Les seules ouvertures étaient des meurtrières. Les plafonds étaient hauts et voûtés, les meubles trop imposants. Des candélabres laissaient à penser que l'électricité était encore à découvrir. On se serait cru trois cents ans plus tôt, à une époque où les droits des femmes étaient inexistants, où un homme pouvait décider de leur sort sans que personne en prenne ombrage. Cette pièce aurait pu être une prison, l'antichambre d'une salle de torture…

La lourde porte s'ouvrit, laissant apercevoir les deux gardes armés qui en gardaient le seuil. Et soudain…

Le roi Felipe Roca de Silva y Zafiro fit son entrée.

La porte se referma et ce fut le silence. Elsie aurait voulu se montrer désagréable, mais elle s'était transformée en statue et était incapable d'articuler un mot. Il lui était impossible de détacher son regard du roi et pourtant, il le fallait, si elle voulait rompre le sortilège !

Il portait un costume sombre qui flattait les lignes pures de son corps d'athlète. Sa mâchoire était toute en angles, comme sculptée au couteau. Et elle avait oublié à quel point il était grand. L'expression de ses yeux était implacable, inflexible. Impitoyable, même.

Respirer devenait difficile. L'air semblait plus lourd, et cette pièce, si vaste, presque exiguë… Les émotions se pressaient en elle, près d'exploser. Elle ne contrôlait plus rien ! Le pire, l'interdit absolu, était le désir. Le roi Felipe était le plus bel homme qu'elle ait jamais vu. Et même bien plus que cela. Il s'imposait à elle comme une évidence. Le seul à lui faire connaître la tentation. Pire, il suscitait en elle une forme d'avidité qui prenait le dessus sur tout. Héritage familial ? Elle le savait parfaitement, cette avidité avait détruit sa famille. C'était terrifiant. Il la terrifiait.

Hypnotisée, Elsie le vit s'approcher. Bien trop près. Mais elle ne recula pas. Elle n'était pas citoyenne de Silvabon, il n'était pas son roi. Elle refusait absolument de se laisser intimider.

*Pas cette fois !*

Il planta son regard dans le sien. Ses yeux étaient du brun le plus profond. Elle avait passé bien trop de temps, par le passé, à se demander ce qu'ils exprimaient ! Pas la peine d'y consacrer une seconde, elle se tromperait. Car le roi était le mystère incarné… Il la détaillait du regard en silence, à l'affût du moindre signe de faiblesse. Elsie songea à sa tenue défraîchie – elle avait dû se lever tôt pour se rendre à l'aéroport. Mais pourquoi diable se préoccupait-elle de son apparence ?

Le roi restait silencieux, absorbé dans le spectacle qu'elle lui offrait et manifestement peu satisfait de ce qu'il voyait.

Un tremblement parcourut Elsie, une réaction viscérale à cette attention trop soutenue. Elle n'était pas du genre à avoir des aventures, n'avait pas de petit ami, sortait peu. Mais du jour où elle avait rencontré le roi…

— Que voulez-vous de moi ? murmura-t-elle.

Ce n'était pas ce qu'elle voulait dire. Et certainement pas de cette voix rauque, voilée. Le roi serra la mâchoire.

— Est-ce que je suis aux arrêts ? reprit-elle, furieuse. Pourquoi m'a-t-on traînée devant vous, *Majesté* ?

Il n'avait jamais aimé qu'elle l'appelle ainsi, comme s'il voulait qu'elle se sente à égalité avec lui. Mission impossible…

— Vous étiez sur le vol qu'on a dérouté sur mon île.

— Oui, rétorqua-t-elle sèchement, le menton haut. Mais je n'ai pas forcé cette pauvre femme à accoucher prématurément, figurez-vous. Alors pourquoi suis-je ici ?

Il fallait qu'il cesse de la traiter en coupable ! La réprobation qui se peignait sur les traits du roi était une torture, et ravivait ses blessures. Elle se sentait honteuse. De quoi ? Elle n'en savait rien. Mais il avait ce pouvoir de lui faire mal. Felipe n'était en fait qu'un hypocrite : il s'était montré empathique, gagnant peu à peu sa confiance. Elsie en était venue à l'apprécier. Elle avait même cru pouvoir… rester ici. Mais il l'avait trahie, révélant un cœur de pierre.

— Vos sbires n'ont même pas voulu me dire pourquoi on m'avait enlevée en plein jour ! reprit-elle avec véhémence.

— C'est qu'ils n'en savaient rien. Ils suivaient les ordres.

— Aveuglément ? Ils sont habitués aux caprices d'un roi trop gâté, alors. Me faire venir ici de force, quelle honte !

— Y a-t-il eu de la violence ? s'enquit-il, sourcil levé.

— Bien sûr que non. Ils se sont montrés impitoyablement efficaces, dans le style *Men in Black*.

— Et vous n'avez pas offert de résistance ? demanda-t-il doucement.

Quelle résistance aurait-elle pu leur opposer ? Elle les avait docilement suivis. Et à présent, elle le regrettait.

— Vous ne devriez pas vous en étonner, je n'ai rien fait de mal, après tout ! Mais vous ne me faites jamais confiance.

Les yeux de Felipe se rétrécirent, mais il ne nia pas.

— Allez-vous fouiller ma valise au cas où j'y dissimulerais un lance-missiles ? reprit-elle d'un ton acide, paniquée de le voir se rapprocher.

— Mes hommes savent ce que contiennent vos bagages. Ils ont été passés aux rayons X, tout comme vous, Elsie…

Elle se figea. C'était terrible d'entendre son nom sortir de ses lèvres. Comme s'ils avaient partagé une véritable intimité, comme s'il lui faisait confiance… Mais la confiance n'avait existé que dans ses rêves. Il s'était montré charmant, séducteur ! Puis il avait ruiné sa vie, sans même y réfléchir. Car Felipe était ainsi, agissant selon son bon vouloir, sans accorder la moindre attention aux conséquences de ses actes.

— Comment savez-vous que j'étais à bord ?

— L'atterrissage n'étant pas prévu, mes hommes ont vérifié par le menu la liste des passagers.

— Et mon nom était marqué en rouge ?

Cela la blessa. La voyait-il vraiment comme une menace ? Il lui avait demandé de partir, et elle s'était exécutée, mais cela ne semblait pas lui avoir suffi.

Elsie Wynter ne figurait pas sur la liste des passagers.

Elsie Bailey, si… Mais ses services de sécurité l'avaient trouvée quand même. Ils avaient sans nul doute fouillé son passé. Le roi savait-il tout de l'humiliation que lui avait fait subir sa famille ?

— On vous amène souvent des gens contre leur gré ou c'est juste moi ? reprit-elle d'un ton grinçant.

— Juste vous. Vous êtes privilégiée, ajouta-t-il avec un sourire sarcastique.

— Eh bien, tout honorée que j'en sois, j'aimerais partir, répliqua-t-elle froidement. *Maintenant*.

# 4.

*Trois mois plus tôt*

Elsie marchait vers les grilles imposantes, portant en bandoulière sa mandoline et sa fierté. Felipe lui avait intimé l'ordre de ne pas être en retard. Pour qui se prenait-il, à exiger sa présence à 14 heures sonnantes ?

Il se prenait pour ce qu'il était : le roi, bien sûr…

Quand il s'était approché d'elles au café ce matin même, Elsie aurait dû se lever pour une révérence, mais elle en avait été incapable. Physiquement. Ses jambes étaient soudain en coton. Elle s'attendait si peu à… Pourtant, elle avait vu des photos de lui, car on ne pouvait pas vivre à Silvabon sans connaître le visage de ce roi. Ses sujets, tous fiers de lui, le vénéraient comme un dieu. Son patron avait été fou de joie quand il avait appris qu'Amalia venait dans son café et il avait ordonné à Elsie de la choyer.

Bien sûr, elle lui avait obéi. Mais le fait qu'Amalia appartienne à la famille royale n'en était pas la raison.

Et ce n'était qu'aujourd'hui, en voyant le roi de près, qu'Elsie découvrait ses grands yeux rêveurs, du brun le plus profond. Il était grand, mince et si beau qu'elle n'avait pu s'empêcher de le dévisager. Mais il y avait plus que de la beauté en lui. Il attirait l'attention, et à la façon dont son regard sombre l'avait détaillée, elle avait eu l'impression qu'elle était la seule personne au monde digne d'être regardée.

Était-elle naïve à ce point ? Allait-elle s'enticher du seul roi qu'elle ait jamais croisé ? Le plus populaire de la planète, sans doute, mais aussi, comme elle l'avait constaté, autoritaire et surprotecteur… Pourtant, elle devinait l'être humain sous le vernis royal. Il se souciait vraiment d'Amalia. Celle-ci s'était d'ailleurs montrée loyale envers lui, ne s'était jamais plainte de rien devant Elsie qui la respectait pour cette loyauté. Mais elle avait bien vu qu'Amalia n'avait pas fini son deuil. La pauvre se trouvait perdue en ce lieu étranger, ne connaissant personne et surtout pas, visiblement, son beau-frère qui pourtant se préoccupait de son bien-être.

Au point de venir attendre Elsie de l'autre côté des grilles ? C'était inattendu…

— Il va falloir passer la sécurité, la prévint-il d'emblée, son regard rivé sur l'étui à mandoline.

Il ne l'avait pas regardée dans les yeux et Elsie dut combattre sa déception. Quand le roi l'avait fixée, quelques heures plus tôt, elle avait ressenti une décharge d'énergie, quelque chose de chaud, de fort, qui lui avait donné le courage de lui retourner son regard. Ce faisant, elle avait reçu de lui plus d'énergie encore. Comme si cet échange rechargeait ses batteries, lui insufflait une vitalité qui pourrait bien devenir une drogue. Mais tout cela était-il réel ? Non, sans doute le fruit de sa délirante imagination…

— Et c'est vous, la sécurité, cet après-midi ? demanda-t-elle d'un ton revêche.

Son costume noir et sa chemise immaculée évoquaient la tenue de ses gardes, mais le tissu était trop fin et la coupe trop parfaite pour appartenir à un simple sbire.

— Disons que je supervise, répondit-il en lui prenant des mains l'étui à mandoline.

Que pouvait-il bien superviser, à part elle ? Elle serra les poings, courroucée.

— Voulez-vous mes empreintes et mon ADN ?

Le regard du roi se fit plus aigu.

— Peut-être y viendrons-nous.

— Si vous pensez que je représente un danger, pourquoi me faire entrer ?

— Je ne pense pas forcément que vous soyez un danger.

— Craignez-vous que je sois une mauvaise influence pour Amalia, alors ? Elle n'est pas très influençable, vous savez.

— J'en suis bien conscient. Et croyez-le ou non, j'encourage son indépendance d'esprit. Cela ne me dérange pas qu'elle s'oppose à moi.

Elsie ne put retenir un rire sceptique.

Felipe lui jeta un regard bref et reprit :

— Ça vous étonne ?

— Évidemment. Vous êtes habitué à vous faire obéir. Tout le monde en passe par vos quatre volontés.

— Vous êtes bien prompte à juger, me connaissant si peu.

Il sourit soudain et reprit :

— Mais vous n'avez pas tort. C'est le privilège que me confère ma naissance, je n'y peux rien.

Elsie se trouva trop déconcertée pour répondre. Le sourire de Felipe était… radieux. Une fenêtre ouverte sur l'homme au-delà de l'image parfaite et lisse qu'il présentait.

— Dites-moi donc, y aurait-il des raisons pour que je vous juge de mauvaise influence ? poursuivit-il, presque taquin.

Elle haussa les épaules, sans doute pour dissimuler le frisson provoqué par ce lumineux sourire.

— J'ai trop de piercings aux oreilles ?

Il regarda ses anneaux, lui faisant regretter son sarcasme, car être sous le feu prolongé de son regard la troublait.

Elle était trop exposée, le cou nu, soudain rougissante d'avoir cru lire une caresse dans son regard.

Voici qu'elle devenait folle ! Hâtivement, elle déposa son sac sur le tapis roulant pour qu'il passe aux rayons X. Il lui fallait brider son imagination, et vite !

Le roi plaça l'étui à mandoline à la suite de son sac.

— Cet étui a connu des jours meilleurs.

Bien des choses qu'elle possédait avaient connu des jours meilleurs… Elle apprécia cependant la délicatesse avec laquelle Felipe manipulait l'étui. Son père, lui, l'avait presque réduit en miettes… Il ne tenait plus que grâce à des bouts de ficelle. Elle finirait bien par le remplacer, mais en trouver un de la bonne taille était presque impossible et par ailleurs, elle n'avait pas l'argent pour en faire confectionner un sur mesure. Mais la seule chose qui comptait, c'était que la mandoline, qui lui venait de sa mère, n'ait pas été abîmée.

— Pour l'instant, il fait l'affaire.

— Tout juste, acquiesça-t-il avec un regard de côté. Si vous donnez des cours de mandoline à Amalia, nous allons vous payer.

Une réaction de rejet figea Elsie. Elle ne voulait pas être à son service.

— Je ne veux pas de votre argent.

— Ce ne serait pas un cadeau. Je payerais votre savoir-faire.

— Non, merci. Je rends service, c'est tout.

— Je n'accepte pas les faveurs, pas plus que je n'en accorde.

Elsie lui jeta un regard incisif.

— Ce n'est pas à vous, mais à Amalia, que je rends service.

— Ni elle ni moi ne voulons rien devoir. À personne.

— Donc toutes vos relations se réduisent à des transactions financières ? Eh bien, cela explique beaucoup de choses…

— Nous ne profitons pas de notre statut pour exploiter les gens, et encore moins pour ne pas les payer du tout.

Elsie prit une brève inspiration.

— Je ne viens pas ici pour l'argent.

Pas si l'argent venait de lui. Elle aurait l'impression de lui forcer la main. Et quand elle se rappelait la fraude de son père… Non, jamais elle n'accepterait un paiement de Felipe.

— Votre temps a bien un peu de valeur, non ? Vous pourriez être au travail, à cette heure-ci.

— Comme vous le savez certainement, j'ai fini mon service. Le reste de la journée m'appartient et j'ai choisi de le passer auprès d'Amalia. Je n'avais pas compris que cela impliquait votre compagnie…

Il lui adressa un rapide sourire.

— Vous en avez déjà assez de moi ?

— Largement, rétorqua-t-elle, prête à tous les défis.

Le rire de gorge qu'elle reçut en retour la fit frissonner. Était-ce possible ? Elsie n'avait jamais ressenti d'attirance sexuelle pour quiconque et vu qu'il s'agissait du roi, c'était complètement déplacé ! Elle était si inexpérimentée, d'ailleurs, que c'en était embarrassant : comment être sûre de ce qu'elle croyait lire dans son regard ? Il se montrait poli, un brin caustique, mais cette étincelle au fond des yeux… N'y avait-il aucune application qui traduise les regards ? Elle en aurait eu bien besoin… Jamais elle n'avait imaginé converser un jour avec un souverain, et encore moins le trouver aussi agaçant ! Mais aussi, pourquoi lui répondait-elle du tac au tac ? Elle ne se conduisait jamais de la sorte, bien trop occupée à ne pas se faire remarquer, de peur que les gens ne cherchent à en savoir plus sur elle et sa famille. Parce qu'ils trouveraient, à coup sûr. Et lorsqu'ils auraient trouvé…

— Où puis-je rejoindre Amalia ? se hâta-t-elle de demander.

— Dans le salon de musique. Je vais vous y conduire.

Il prit l'étui à mandoline avant qu'elle s'en charge, le soulevant cette fois encore avec précaution.

Elsie le suivit comme un automate, bouleversée par les réactions plus que dérangeantes qu'il suscitait en elle. Une attirance incontrôlée, tout d'abord… Il fallait qu'elle échappe à son regard, et pourtant, c'était la dernière chose qu'elle avait envie de faire. Elle voulait, au contraire, se rapprocher dangereusement de lui…

Sans rien voir vraiment de ce qui l'entourait, elle le suivit dans un dédale de couloirs aux murs décorés de fresques splendides, aux plafonds impossiblement hauts. Le lieu où Felipe la conduisit s'avéra être, non pas un simple salon de musique, mais une véritable salle de concert. Sur la scène trônait un magnifique piano à queue. Amalia les attendait et semblait un peu inquiète. Pour la première fois, elle portait ses cheveux attachés et Elsie aperçut un éclat d'argent à ses oreilles.

— Jolies boucles, dit-elle en lui souriant. Elles ont l'air…

— Elles sont neuves, Amalia ? coupa Felipe d'un air décontracté.

C'est alors qu'Elsie comprit que la jeune fille avait fait percer ses oreilles exactement comme elle… Et elle avait attendu leur rendez-vous pour montrer le résultat à son tuteur ! Un peu nerveuse, Elsie regarda Felipe à la dérobée.

— Oui, toutes neuves, répliqua Amalia d'un ton raide, sans regarder le roi en face. Cela ne te contrarie pas ?

Felipe haussa les épaules.

— Pas du tout.

Cette réaction pacifique n'apaisa pas sa jeune belle-sœur.

— Est-ce que je pourrais me faire tatouer, alors ? Ça ne te gênerait pas non plus ?

— Ce serait illégal parce que tu es mineure, déclara Felipe d'un ton solennel. Mais une fois majeure ? C'est ton corps, Amalia, c'est toi qui choisiras.

Amalia dévisagea son tuteur d'un air agacé.

— Tu es insupportable ! grommela-t-elle en se dirigeant vers la scène.

Felipe la suivit du regard, visiblement pris de court par sa réaction, et Elsie ne put retenir un sourire de sympathie.

— Ce n'est pas ce que vous avez répondu qui l'agace, dit-elle doucement. Elle a treize ans et passe une période difficile. Il est normal qu'elle rejette ce qui vient de vous.

Il ne répondit rien et un instant, Elsie crut avoir dépassé les bornes. Puis il soupira.

— Je ne veux être le geôlier de personne.

Quelque chose se noua en Elsie.

— Vous êtes l'ultime figure d'autorité ici, vous ne pouvez y échapper.

Il regarda brièvement le plafond et de nouveau, Elsie eut l'impression qu'il se laissait gagner par le doute, ce qui provoqua en elle l'étrange désir d'aider.

— Ce n'est que mon avis et il vaut ce qu'il vaut, mais les garde-fous sont une bonne chose. Vous avez eu raison.

— Elle vous a dressé une embuscade, dit-il avec un sourire soudain. J'ai vu votre expression : vous pensiez que j'allais m'en prendre à vous. Mais j'ai bien vu qu'Amalia ne vous avait pas mise dans la confidence. Ce qui vous place dans le camp des adultes surprotecteurs, tout comme moi.

Il était très fin, et Elsie s'en irrita. Car elle ne voulait se trouver dans aucun camp, surtout pas avec lui.

— Où est votre tatouage, à vous ? lança-t-elle tout à trac.

Il lui adressa un regard sidéré.

— Ton corps, ton choix, dit-elle, reprenant avec bravache

ce qu'il venait de dire à Amalia. Et vous, quel est votre choix ? Une citation, un emblème ?

— Je n'ai aucun tatouage.

— Non ? Pas de piercing non plus ? Pas même dans un endroit que personne ne voit ? ajouta-t-elle d'un ton innocent.

Un muscle se crispa dans la mâchoire de Felipe.

— Je crois que vous connaissez la réponse.

— C'est non, bien sûr, parce que vous êtes… le roi, se moqua Elsie, ravie de sa provocation. Si sérieux, si exemplaire… Donc, il existe des règles valables pour Amalia mais pas pour vous ?

— Exactement. Les règles me concernent. Amalia a sa liberté d'action.

— Et vous non ? répliqua-t-elle en penchant un peu la tête de côté. Vous n'avez pas la liberté d'exprimer ce que vous êtes ? Vous n'êtes jamais un homme, alors, seulement un roi ?

Il s'approcha et elle comprit qu'il prenait son attitude pour un défi. Fascinée, elle tenta de déchiffrer le tourbillon d'émotions qui faisait briller ses yeux : colère, amusement ?

— Et le vôtre ? demanda-t-il avec une douceur exagérée. Où est donc votre tatouage ? Dans un endroit vraiment secret ?

Il était si proche qu'il semblait absorber tout l'oxygène de la pièce. Elle ne put que répondre honnêtement.

— Je n'en ai pas non plus.

— Alors tout cela, ce ne sont que des belles paroles ! rétorqua-t-il en riant. Vous ne vous rebellez qu'en surface…

C'était la vérité, hélas…

— Amalia a raison, murmura faiblement Elsie. Vous êtes insupportable.

Elle rejoignit la jeune fille et le temps qu'elle ose se retourner, la pièce était vide. Non, elle ne pouvait regretter qu'il soit parti. Et pourtant, une étrange sensation de perte l'envahit…

Elle se tourna vers Amalia, assise au piano.

— Tu dois passer tes journées ici ! Ce piano est superbe…

— Je ne savais même pas qu'il existait. Felipe a demandé qu'on prépare la pièce aujourd'hui.

— Tu n'avais jamais joué ici ?

De leurs conversations au café, elle avait compris qu'Amalia maîtrisait piano et clarinette.

— Non. Pas depuis… l'accident. Mais aujourd'hui, Felipe m'a dit que je pouvais avoir tous les instruments que je voulais. Qu'il me suffisait de demander.

— Il ne savait pas que tu jouais du piano ?

Amalia se contenta de hausser les épaules.

Donc, il n'en savait rien. Jusqu'à aujourd'hui.

Elsie sentit son cœur se serrer. L'adolescente était tellement seule ! Cela expliquait son comportement. Ces émotions à vif étaient l'expression d'un profond chagrin. Parce que la musique faisait partie de son enfance, Elsie le savait. La mère d'Amalia avait été le professeur de musique de sa fille. Et elle n'était plus. S'asseoir à un piano pour la première fois depuis l'accident avait dû raviver tant de souvenirs… Elsie le comprenait d'autant mieux qu'elle était passée par là. Amalia était assise, recroquevillée sur elle-même, les mains serrées sur ses genoux. Elsie vint s'asseoir à ses côtés.

— Je n'ai plus joué depuis la mort de ma mère, admit Amalia d'une toute petite voix. Je ne sais pas si…

Le deuil vous volait toute joie, Elsie le savait. Amalia ne devait surtout pas perdre son goût pour la musique. Car cela créerait en elle un manque supplémentaire, alors que l'expression musicale pouvait alléger sa peine.

— Jouer apporte du réconfort, même si c'est parfois douloureux, déclara Elsie en sortant la mandoline de son étui. Si nous débutions avec quelque chose de simple ? Quelques accords. Je commence ?

Elle prit une profonde inspiration pour rétablir son calme et tira des cordes quelques notes d'une vieille chanson.

— Ça fait longtemps que je n'ai pas joué cet air-là, dit-elle doucement.

Des années…

La jeune fille posa les mains sur le piano et testa quelques accords avant de commencer. Elsie l'accompagna un temps puis s'arrêta, se contentant d'écouter, perdue dans la musique. Cela faisait si longtemps qu'elle n'avait plus ressenti une telle harmonie !

— Tu es très douée, murmura-t-elle, admirative, lorsque Amalia s'arrêta. Je n'ai rien à t'apprendre.

Car la jeune fille avait tout : le talent, l'habileté due au travail, et l'affinité naturelle avec l'expression musicale.

— Ne t'arrête jamais de jouer, lui intima Elsie. C'est crucial pour toi.

Un pâle sourire apparut sur les lèvres d'Amalia.

— Je me sens mieux, c'est vrai.

Mais c'était encore douloureux pour elle, Elsie le comprenait. Et tout ce qu'elle pouvait faire pour atténuer cette souffrance, c'était se tenir aux côtés d'Amalia et partager avec elle les émotions de la musique et du jeu. Ce qu'elles firent, respirant à l'unisson, s'arrêtant, reprenant, riant parfois comme des collégiennes, soulagées d'avoir surmonté la difficulté des premières notes. Commencer avait été une épreuve mais maintenant, elles appréciaient chacun des instants partagés. Et à deux, elles allèrent si loin en elles-mêmes que les larmes finirent par jaillir…

Quand elles s'apaisèrent, Amalia demanda :

— Tu restes pour le dîner, d'accord ?

— C'est déjà l'heure ? s'étonna Elsie.

Elle n'avait pas vu le temps passer.

— Bien sûr qu'elle reste !

Felipe avait surgi derrière elles, sans un bruit. Elsie fit volte-face, éprouvant comme toujours devant lui une sorte d'élan.

— Vous ne devriez pas arriver ainsi par surprise, dit-elle, essayant de fixer son beau visage d'un regard désapprobateur. Cela fait longtemps que vous écoutez aux portes ?

Les yeux bruns de Felipe étaient pleins d'une émotion intense qu'elle ne parvenait pas à décrypter.

— Un repas est bien le moins que nous puissions offrir, répliqua-t-il, éludant sa question.

À l'entendre, un refus n'était pas envisageable.

Encore une fois – et c'était nouveau pour elle –, Elsie ressentit le besoin de le défier.

— Je croyais que vous ne faisiez de faveur à personne et que c'était pour cela que vous vouliez me payer.

Felipe soupira.

— Faites preuve d'un peu de savoir-vivre, au moins devant les jeunes personnes…

Amalia étouffa un rire, mais Elsie était allée trop loin dans la rébellion pour s'en tenir là :

— Alors, essayez de demander gentiment au lieu de décider à ma place.

Il s'avança, et la fixa d'un regard si brûlant qu'il sembla à Elsie qu'elle se consumait intérieurement.

— Dînez avec nous ce soir, Elsie, dit-il avec un sourire enjôleur qui la fit frissonner.

Elle serra les dents. Elle allait refuser. Tout net.

— S'il vous plaît…, ajouta-t-il alors.

Devant sa détermination, elle capitula.

— J'en serais ravie, merci.

# 5.

*Vendredi, 17 h 26*

Elsie fixa Felipe. Son instinct lui commandait de s'échapper. Il représentait une menace pour elle. Elle avait demandé à partir, immédiatement. Comment allait-il réagir ?

Son regard s'était assombri, trahissant une fureur qui aurait ébranlé le caractère le plus placide. Sur elle qui n'avait rien de placide, l'impact était catastrophique.

— Vous ne pouvez pas partir. L'espace aérien est fermé, dit-il d'une voix aussi courroucée que son regard. Il n'y aura aucun vol avant que le sacre s'achève. Trop de VIP en ville… Votre avion n'a pu atterrir que par faveur spéciale.

Elsie n'aurait droit à aucune faveur. D'ailleurs, par expérience, elle préférait les éviter…

— Donc, vous prenez tous les passagers en otage pendant vingt-quatre heures ? protesta-t-elle, exaspérée. C'est comme les mettre en prison sans raison ! Le temps et la liberté de tous ces gens ne valent-ils pas les vôtres ?

— C'est une question de sécurité, répliqua Felipe avec raideur. Et pas uniquement la mienne.

— Ne seriez-vous pas mieux protégé en les faisant partir ?

— Je me conforme aux recommandations de mes forces de sécurité : aucune entorse au plan établi.

— Surtout ne pas dévier ! dit-elle en levant les bras

au ciel. Jamais, hors de question. Même si le plan est une gêne pour le reste du monde. Mais nous, pauvres gens du peuple, ne comptons pas pour grand-chose, n'est-ce pas ?

Alors même qu'elle lui tenait tête, les souvenirs surgirent. Le désir à couper le souffle. Les rêveries qu'elle s'était autorisées trois mois plus tôt… Felipe n'était qu'un menteur.

— Le bien-être des passagers est prioritaire ! protesta-t-il. On m'a assuré que chacun était très satisfait de son logement.

— Ils n'oseraient pas dire le contraire, de peur de vous contrarier. Parce que alors…

— Alors quoi ? répliqua-t-il d'un ton outré. Ils passent la nuit dans un hôtel cinq étoiles pour lequel ils ne débourseront rien et ce soir, on leur offre un dîner de gala !

— Merveilleux ! commenta Elsie d'un ton sarcastique. Comme cela, ils pourront vanter votre magnanimité. Je n'attends qu'une chose, c'est de pouvoir les rejoindre. Un dîner gratuit ? Trop beau pour refuser.

— Vraiment ?

Il la regarda intensément, comme un chat fixe une souris. Un très gros chat et une toute petite souris, paralysée à l'idée d'avoir dit exactement ce qu'il ne fallait pas.

Le regard du roi la détaillait de la tête aux pieds. Son jean et son haut qui affleurait à peine sa taille parurent soudain bien trop chauds à Elsie. Les confortables bottines qu'elle portait pour voyager n'avaient pas de talons assez hauts : elle restait trop petite pour regarder le roi droit dans les yeux. Sa coiffure devait être aplatie. Elle avait noué ses cheveux en queue-de-cheval mais elle sentait que des mèches s'en étaient échappées, encadrant un visage qu'elle sentait rougir. Elle se sentit soudain stupide. Pourquoi se montrer embarrassée puisque tout était sa faute, à lui !

— Pourquoi m'avez-vous convoquée, Felipe ?

Il demeura parfaitement immobile, tel un félin avant l'attaque. Et ses yeux étaient si sombres… Plus sombres que la nuit. Elsie en oublia de respirer. Elle ne pouvait le quitter du regard. Ses cheveux bruns étaient coupés court, mais pas trop, juste ce qui convenait. Il était l'homme du devoir. Ennuyeux dans sa rigidité. Inflexible lorsqu'il avait décidé d'un plan d'action. Impossible à faire dévier.

Il était… trop gâté.

Au premier regard, le corps d'Elsie avait décidé, comme mû par une volonté propre, d'appartenir à cet homme. C'était gênant… Résister à la tentation de lui céder était une lutte de chaque instant d'autant plus humiliante qu'il l'avait bannie.

Elle le vit tapoter des doigts sur son pantalon : un, deux, trois, quatre… Il comptait, comprit-elle, peut-être pour se donner le temps de regagner son self-control ? Il surprit son regard et ses doigts s'immobilisèrent.

— Vous ne demandez pas de nouvelles d'Amalia ? dit-il, éludant sa question pour en poser une autre.

Une qui faisait mal… Elsie aspira une grande goulée d'air. Pas un jour ne s'était écoulé, depuis qu'elle avait quitté l'île, sans qu'elle pense à Amalia.

— Bien sûr que si ! Comment va-t-elle ?

— Vous avez tourné les talons sans même lui dire au revoir. Vous aviez promis de revenir et vous n'avez pas tenu parole.

— Comment aurais-je pu faire autrement ?

Elle cligna des yeux pour ravaler les pleurs qui jaillissaient. Il pouvait bien être le roi, elle n'autorisait pas Felipe à la juger. Elle avait été jugée par trop de gens qui concluaient invariablement à ses torts. Comment pouvait-il l'accuser de manquer de cœur alors qu'il l'avait obligée à partir ? Jamais elle n'aurait abandonné Amalia de son propre chef !

— Pourquoi êtes-vous partie ? demanda-t-il sourdement.

Avait-il oublié ses paroles ? Et le ton de sa voix ?

— Vous vous moquez ! C'est vous qui me l'avez ordonné !

— Vous avez pris mes paroles pour un ordre de quitter le pays ? jeta Felipe, visiblement tendu.

— C'en était un.

— Vous savez bien qu'il n'en était rien. Je voulais simplement vous voir quitter les lieux.

Quel menteur ! Et pourtant, elle se sentait poussée vers lui ! Il fallait lutter contre cette attirance, à tout prix.

— C'est faux, vous avez tout mis en place pour que je ne revienne pas.

Les sourcils de Felipe se froncèrent.

— Comment cela ?

— Que pouvais-je faire alors que vous m'aviez congédiée ? Certaines personnes doivent travailler pour vivre, figurez-vous. Nous ne sommes pas tous nés dans des palais !

— Mais enfin, Elsie, vous avez disparu sans laisser d'adresse ! La sécurité a informé Amalia que vous aviez quitté le pays.

Informé Amalia, oui, car Felipe était déjà au courant ! Quelle audace de l'accuser de désertion ! Bien sûr qu'elle n'allait pas rester, et pas simplement parce qu'on ne voulait plus d'elle au palais, mais parce qu'elle ne pourrait plus travailler à Silvabon. Son emploi n'avait pas survécu au congé donné par le roi. Peu importait qu'elle ait travaillé dur pour le patron du café, il l'avait soupçonnée, condamnée et licenciée.

— Évidemment ! Vous m'aviez coûté mon emploi. Vos décisions influent sur la vie des gens, voyez-vous ! Mon employeur, subitement, ne me trouvait plus à son goût. L'auriez-vous forcé à me reprendre ? Vous vous êtes renseigné sur moi, vous avez trouvé cette vidéo…

Et c'était bien cela qui faisait le plus mal.

— Elsie, je ne vois pas de quelle vidéo vous parlez, je n'ai rien demandé sur vous et je ne vous ai pas fait renvoyer !

Il laissa échapper un soupir. Devait-elle croire à de l'empathie ?

— De quoi parle cette vidéo ? s'enquit-il.

Elsie se figea. Il ne le savait vraiment pas ?

— Laissez tomber, dit-elle, se refermant sur elle-même.

S'il ne l'avait pas vue, il devait être en train de formuler mille conjectures au sujet de cette vidéo. Aucune n'était la bonne, mais elle ne le détromperait pas. Certaines choses restaient trop personnelles, trop douloureuses à évoquer.

Felipe avait ruiné sa vie sans même s'en rendre compte. Il avait cru qu'elle leur tournait le dos, sans aucune considération pour Amalia. Ce qui montrait bien l'opinion qu'il avait d'elle…

Qu'est-ce qui était le pire ? Qu'il l'ait renvoyée ou qu'il n'ait pas même cherché le fin mot de son départ précipité ? Elle avait disparu, point. Il était si peu intéressé par elle qu'il ne s'en était pas étonné. C'était uniquement l'abandon de sa belle-sœur qui le faisait rager.

— Bon, soupira-t-elle, à présent que nous avons mis les choses au point, je peux partir ?

— Non. Ce malentendu est…

Il la dévisageait, les sourcils froncés.

— Vous devez avoir faim, reprit-il tout à trac, les repas des compagnies aériennes ne sont pas très nourrissants.

— Comme si vous preniez les lignes commerciales !

— Et apparemment, vous ne diriez pas non à un repas gratuit, enchaîna Felipe, faisant allusion à son sarcasme. Alors, s'il vous plaît, assistez au banquet de ce soir.

Elle lui jeta un regard incrédule.

— Pardon ?

— Vous avez perdu votre travail à cause de moi, à ce qu'il paraît. Je peux bien proposer cette petite compensation.

Elsie eut du mal à retenir son indignation.

— Parce que cela va arranger les choses ?

— De petits riens ont parfois de grandes conséquences, dit-il avec un sourire soudain. Quel meilleur moyen de redorer votre réputation que d'être vue comme notre invitée ?

— Être associée à la famille royale me rouvrirait toutes les portes ? Non merci !

Car l'inverse était à risque aussi : peut-être serait-il jugé coupable pour l'avoir invitée à sa table…

— Je ne veux pas qu'on sache que je suis ici, reprit-elle. Dîner avec vous ? Je sais que je le payerai, en fin de compte.

— Et cela vous effraye ?

Sa voix était devenue dangereusement douce. Le pouls d'Elsie s'affola. Il se rapprochait, trop pour son bien-être. Elle recula, acculée dans un coin de l'immense pièce. Sa colère montait, décuplant ses forces.

— Que ferez-vous si je refuse, Felipe ? Vous allez me faire jeter aux oubliettes et perdre la clé ?

Si seulement ! Ainsi elle serait hors de sa portée…

— Ne me tentez pas, répondit-il, l'œil pétillant.

— La prison ne m'effraye pas.

— La prison ? dit-il en écho, levant un sourcil.

— Vous ne savez pas qui vous invitez à ce banquet royal. À mon avis, vous auriez dû lire les rapports de vos services…

— Au contraire, je suis ravi de ne pas l'avoir fait. Cela

veut dire que je dois enquêter par moi-même. Je vais rester ici, découvrir ce qui s'est passé, et qui vous êtes vraiment.

— Pourquoi vous en soucier ?

Il haussa les épaules.

— Je veux savoir. Tout. Qu'y a-t-il sur cette vidéo, Elsie ?

*Oh non !* Jamais elle ne s'ouvrirait à lui sur ce sujet.

— Vous vous ennuyez, en fait, dit-elle d'un ton méprisant. À la veille de votre sacre, vous vous ennuyez à mort…

— Peut-être bien. Le roi trop gâté, à votre service, répliqua-t-il en s'inclinant, parodiant les manières de la cour. Allons, venez au banquet. Laissez-nous vous présenter nos excuses. Et renouez avec Amalia. Je sais que vous en avez envie.

Il touchait juste, et il le savait. Oui, elle s'était attachée à Amalia, attendrie par son chagrin. Et même si elle ne pouvait pas grand-chose pour améliorer son sort, les moments passés ensemble à faire de la musique avaient été précieux… Mais Elsie devait se préserver.

— Je n'ai pas de robe de soirée dans ma valise. Nous ne vivons pas sur la même planète, Felipe.

— Amalia peut se charger de vous en trouver une. Cela lui changera les idées, d'ailleurs.

— Donc, je suis juste bonne à changer les idées ?

— Elle serait enchantée de vous voir. Votre départ l'a vraiment attristée. Je vous demande votre aide.

— Faire enlever les gens, c'est votre manière de demander ?

Un rire lui échappa.

— Comment faut-il demander pour le faire gentiment ?

Gentiment ? Il était si près d'elle qu'elle sentait la chaleur de son corps. C'était comme s'il…

*Non.* Il ne fallait même pas y penser. Mais rien n'avait

changé entre eux. Dès qu'ils se trouvaient face à face, elle oscillait entre colère et amusement, défi et attirance. Et c'était bien là le problème.

Son cœur battait à s'échapper de sa poitrine, un cocon de chaleur l'enveloppait et son corps, insensé, hors de contrôle, tremblait rien qu'à imaginer ce que Felipe voulait d'elle.

Il se pencha, si proche qu'il aurait pu l'embrasser.

— Acceptez…

# 6.

*Trois mois plus tôt*

Felipe savourait la sensation des jets puissants de la douche sur son corps. Il tourna le bouton sur « froid ». L'idéal, ça aurait été un plongeon et quelques brasses dans la mer, mais il n'en avait pas le temps. Il lui fallait se reprendre, calmer ses sens. Continuer, comme à l'accoutumée.

Il s'habilla pour le dîner, comme il le faisait du temps de son grand-père. Ce dernier avait conservé cette exigence même en prenant de l'âge, car la routine l'aidait à se maintenir en forme. Depuis sa disparition, Felipe honorait la tradition. La stabilité avait son importance. Il ne choisit pas de costume, cependant, mais un pantalon noir et une chemise fraîchement repassée, ni veste ni cravate. C'était le maximum de décontraction qu'il s'autorisait.

Toutefois, il n'était décontracté que dans sa tenue. Sa température grimpait dès qu'il pensait à elle. Raison pour laquelle il avait quitté précipitamment le salon de musique… À peine sorti, pourtant, il avait collé son oreille au mur. Sa curiosité était trop forte pour qu'il la bride. Il n'entendait pas clairement les encouragements prodigués par Elsie, mais il en percevait la bienveillance.

Cette attitude était peu digne d'un roi, mais l'aurait-il voulu qu'il n'aurait pu bouger, captivé par le talent virtuose d'Amalia. La culpabilité n'avait pas tardé à se manifester :

il n'avait eu aucune idée du don de sa pupille, il n'avait pas compris que la musique était vitale pour elle. Il aurait dû s'en douter, pourtant. La mère d'Amalia avait été une musicienne talentueuse, bien au-delà de ce que lui accordaient son grand-père et les médias qui, prêts à tout pour la discréditer, ne voyaient en elle qu'une vulgaire artiste de cabaret.

L'avenir d'Amalia était entre ses mains. Il avait voulu, dans la solitude protégée du palais, lui offrir le temps de se reconstruire, mais il comprenait son erreur : il devait tout mettre en place pour lui assurer une éducation musicale et tout ce qui lui permettrait de développer son extraordinaire potentiel. Il était clair que la musique était la passion de sa jeune belle-sœur. Elle ne pourrait pas l'assouvir ici, où les journaux continuaient à salir ses parents. Il ne pouvait risquer qu'on la compare à eux.

Et l'empathie perceptible dans la voix d'Elsie l'avait bouleversé. Son rire ? Il n'en avait jamais entendu de si joyeux entre les murs de ce palais. Son chant mélodieux, lui, était comme un baume sur ses plaies. Il avait résisté à l'envie de retourner auprès d'elles, sachant qu'elles s'arrêteraient de jouer en le voyant. Donc, les yeux clos, il avait écouté de tout son être, fasciné. Les vieilles pierres du palais vibraient d'une vie nouvelle. Elsie les réveillait, tout comme elle réveillait l'envie de vivre chez Amalia. Et chez lui aussi, elle suscitait d'étranges émotions. Il n'arrivait pas à garder avec elle la distance nécessaire entre un roi et le commun des mortels. Sa simple présence balayait l'idée même de protocole. Jamais il n'aurait dû la taquiner ni lui poser de questions personnelles. Mais dès le premier instant, leur relation s'était dispensée de tout formalisme. Car à la place existait autre chose : une attirance irrépressible. Elle le défiait, et il prenait vie. Bon sang, elle avait même réussi à le faire rire ! Et pourtant, il n'avait pas ri depuis une éternité…

Dans sa jeunesse, il s'était soigneusement gardé de toute jalousie envers Amalia. Leur père, Carlos, la préférait à lui. Il passait tout son temps avec elle et sa mère, loin du palais. Felipe s'en était accommodé. Il vivait une vie de privilèges et aimait sincèrement le palais, tout comme le rôle qu'il y jouait. Mais en cet instant, à la porte du salon de musique, eh bien, il enviait Amalia. Lui aussi voulait l'attention pleine et entière d'Elsie.

Mais c'était impossible, hélas…

Elsie s'installa, sous le regard appuyé des domestiques. Amalia et Felipe recevaient-ils souvent à dîner ? Étant donné l'atmosphère guindée, elle en doutait. Peut-être même ne dînaient-ils jamais ensemble ! Elsie reporta son regard sur son hôte. Il s'était changé, rasé de frais, et ses cheveux étaient encore humides. Dans cette chemise éblouissante de blancheur, il était… immaculé. Et très séduisant.

Elsie tenta de se concentrer sur le repas pour se distraire de la fascination qu'il exerçait sur elle. Mais elle avait perdu tout appétit, même si le poisson, cuit à la perfection, était délicieux. Elle orienta la conversation sur Amalia. C'était plus sûr et plus facile ainsi…

Le dessert vit arriver sur la table un moelleux au chocolat encore tiède.

— Fabuleux, dit-elle, goûtant l'entremets au cœur délicieusement fondant.

— Pas aussi bon que ton gâteau au citron, déclara Amalia.

Elsie étouffa un petit rire.

— C'est très gentil, mais ce n'est pas vrai.

— Ça vous plaît de travailler dans ce café ? interrogea soudainement Felipe.

Il était resté plutôt silencieux jusqu'alors, se contentant de commenter parfois les échanges d'Amalia et d'Elsie.

— Oui, beaucoup. Mais de toute façon, je n'ai pas le choix. J'ai besoin de gagner ma vie.

Felipe la regarda longuement.

— Pourquoi ne pas le faire grâce à la musique ?

— C'est flatteur que vous m'en pensiez capable, mais je ne veux pas d'une pareille pression. Je préfère servir mes gâteaux et jouer pour le plaisir. Amalia, c'est autre chose. Elle a un don.

Il hocha pensivement la tête et se tourna vers sa pupille.

— Après le couronnement, tu reprendras l'école, Amalia. Nous te trouverons un établissement qui donne la priorité à la musique. Il y en a d'excellents sur le continent.

Les yeux d'Amalia s'étaient agrandis. Elle fronça les sourcils.

— Une école de musique serait formidable, intervint doucement Elsie. Tu pourrais y apprendre d'autres instruments…

Amalia secoua la tête.

— Je ne veux pas retourner en classe.

Felipe haussa les épaules.

— Nous devons tous subir des contraintes dont nous n'avons pas envie. C'est la vie.

Amalia lui décocha un regard furibond.

— Comme pour toi, te marier après le couronnement ?

Elsie arrêta de respirer, attendant que Felipe écarte cette suggestion en riant. Mais il se figea.

— Qui t'a parlé de cela ? demanda-t-il à Amalia.

— Carlos. Il disait que le roi Javier était furieux contre lui et que du coup, ce serait à toi d'épouser celle qu'il te choisirait.

Elsie fixait Felipe, espérant contre toute attente une dénégation. Mais il se contentait de dévisager Amalia, visiblement atterré. Inconsciente de ce qui se jouait autour d'elle, la jeune fille terminait son gâteau.

— Il t'a dit cela ? demanda Felipe d'une voix blanche.

Amalia hocha la tête et prit une gorgée d'eau.

— Carlos prétendait que tu étais la seule personne assez forte pour satisfaire aux attentes de Javier.

Une expression violente passa sur le visage de Felipe et il baissa les yeux.

— Il faudra vraiment vous marier ? demanda Elsie sans pouvoir se retenir, le cœur battant à cent à l'heure.

En quoi l'avenir du roi la regardait-il ? Elle aurait mieux fait de se taire. Felipe tourna vers elle un regard sombre et déterminé.

— Oui, avec une princesse, répondit à sa place Amalia.

Une princesse, sérieusement ? Comme dans les contes de fées ?

— Et elle est déjà choisie, ajouta la jeune fille.

Bien sûr qu'il lui faudrait épouser une personne de sang royal, songea Elsie amèrement. Et mettre au monde des princes et des princesses pour assurer l'avenir de la dynastie…

— Je me suis engagé auprès de mon grand-père, acquiesça Felipe, confirmant les dires de sa pupille.

— Et vous tenez vos promesses, souligna Elsie.

— Toujours.

— Cette princesse, elle a son mot à dire, au moins ?

— Non. Pas plus que moi. Vous êtes désolée pour elle ? s'enquit Felipe avec une ébauche de sourire.

— Profondément.

— Mais pas pour moi ?

Elsie se força à sourire, elle aussi.

— Pourquoi devrais-je vous plaindre ? Vous vous êtes engagé auprès de votre grand-père. C'était votre choix.

— Vous n'avez jamais voulu contenter votre famille ?

Cette fois, ce fut au tour d'Elsie de se figer, alors qu'elle essayait de dissimuler à quel point il touchait juste.

— On ne peut pourtant pas tout accepter, murmura-t-elle.

Il ne répondit pas tout de suite, tentant de déchiffrer l'expression d'Elsie, mais celle-ci s'était fermée, redoutant ce qu'il pouvait lire en elle. Soudain, il se détendit.

— Votre famille n'apprécie pas vos piercings, c'est cela ?

Elsie comprit qu'il tentait d'alléger la conversation car malgré les précautions qu'elle avait prises, il avait perçu son désarroi. Elle était infiniment malheureuse de ce qu'elle venait d'apprendre. La perspective d'un mariage arrangé semblait si glaciale, si dépourvue de romantisme… Même si elle n'avait rien à voir dans cette affaire, elle ne pouvait s'empêcher de le plaindre.

— Vous allez vraiment vous marier par devoir ? Alors que votre grand-père n'est plus ? Vous êtes le roi, à présent, c'est à vous de décider.

— Justement, dit Felipe dont le visage s'était refermé. Il n'y a plus pour moi de frontière entre la vie publique et la vie privée. Le roi Javier voulait le meilleur souverain, pour moi comme pour le pays. Il savait qui pourrait m'aider à porter ce fardeau.

— Ce fardeau ? Vous êtes Atlas portant le monde sur ses épaules ? répliqua Elsie, incrédule. Être roi n'est qu'un titre. Vous devriez pouvoir être un homme.

— Les mariages arrangés sont souvent des réussites.

La déclaration était froide, sans émotion. Elsie savait qu'il croyait aux invraisemblables paroles qu'il prononçait.

— Et tant de mariages d'amour se soldent par un échec, reprit Felipe. Celui de mes parents, par exemple.

Il décocha un petit sourire à Amalia en précisant :

— Ne t'inquiète pas, il y avait beau temps qu'ils ne s'aimaient plus quand mon père a rencontré ta mère… Vous n'êtes pas d'accord avec mes théories sur le mariage ?

Cette dernière question était adressée à Elsie.

Elle le regarda avec tristesse.

— Peut-être cela vous conviendra-t-il. Vous serez tous deux, votre épouse et vous, unis par le devoir…

Elle prenait acte de sa détermination. Que pouvait-elle faire d'autre ? Les yeux de Felipe se rétrécirent.

— Eh bien moi, je ne me marierai jamais ! décréta farouchement Amalia.

— Pas avant une bonne décennie, en tout cas, acquiesça Felipe en souriant.

Ce sourire… Soudain, pour Elsie, le monde redevenait léger. Amalia, elle, jeta à Felipe un regard indigné.

— Rien que pour vous contredire, elle s'enfuira à seize ans avec son amoureux, commenta malicieusement Elsie.

— Ne lui mettez pas de telles idées en tête, l'admonesta Felipe en haussant un sourcil. Je savais bien que je n'aurais pas dû vous faire entrer au palais !

Elsie pouffa, soulagée de cet échange plus détendu.

— Je suis la reine… de la mauvaise influence !

— Si je le pensais vraiment, vous ne seriez pas ici.

— Arrêtez d'être raisonnable à tout prix, rétorqua-t-elle. Amalia et moi avons besoin de nous montrer rebelles, alors ne gâchez pas tout.

Amalia hoqueta de rire en approuvant.

— Pourquoi avez-vous besoin de vous montrer aussi rebelle, Elsie ? interrogea Felipe.

Elle plongea son regard dans le sien et le défi qu'il contenait effaça toute légèreté de leur échange. L'intensité était de retour, plus explosive que jamais.

En réalité, elle n'avait aucune velléité de rébellion : ce qu'elle voulait, au contraire, c'était se faire accepter… Mais quand on apprenait d'où elle venait, on imaginait le pire de sa part. Et dès qu'elle se savait percée à jour, Elsie déménageait. La crainte constante du jugement était son épée de Damoclès : Elsie ignorait quand elle allait s'abattre, mais elle savait avec certitude que cela se produisait. Pourtant, face à Felipe, elle n'avait pas envie de s'échapper… Mais elle se rebellait contre lui, instinctivement. Les étincelles jaillissaient entre eux au moindre contact.

— Je n'aime pas qu'on me dicte ma conduite.

— C'est vrai, ça ? murmura-t-il comme s'il avait du mal à la croire ou pouvait avancer la preuve du contraire.

Et soudain, une honte terrible s'empara d'elle. Bien sûr qu'il pouvait prouver le contraire ! Il y avait des choses qu'elle serait toute prête à faire s'il le lui demandait.

*Embrasse-moi. Touche-moi. Prends-moi…*

Elle se sentit rougir, choquée de ses propres pensées. C'était totalement incongru ! Il ne voudrait jamais… Elle ne pourrait jamais…

Se raclant la gorge, elle se tourna vers Amalia pour renouer un dialogue qui la remettrait sur un chemin moins périlleux. Mais le regard de la jeune fille était lourd, cerné. Trop d'émotions…

— Tu sembles fatiguée, Amalia, constata Elsie. Je ferais mieux de rentrer et te laisser te reposer.

La journée avait été dure pour elle, et à vrai dire, pour Elsie tout autant. Plus dure qu'elle ne l'aurait jamais cru. Passer du temps avec Felipe n'était pas sans conséquence.

— Oh ! ça va aller, répondit Amalia.

Mais Felipe s'était levé, soucieux.

— Elsie a raison, Amalia. Monte, ta femme de chambre t'attend. Elsie, je vais vous escorter jusqu'à la grille. Vous reviendrez demain après-midi. Ce n'est pas un ordre, ajouta-t-il avec empressement, mais une simple invitation.

— C'est ainsi que vous formulez vos invitations ?

L'ombre d'un sourire moqueur adoucit son visage.

— S'il vous plaît ?

Elsie serra Amalia dans ses bras et sortit, escortée par Felipe. C'était perturbant de le sentir si près d'elle, mais aussi, dans cet immense palais, presque rassurant.

— Comment vous y retrouvez-vous dans ce dédale ? marmonna-t-elle, encore sous le choc des réactions qu'avait provoquées en elle l'annonce de son mariage. Seule, je risquerais de tomber aux oubliettes après m'être égarée.

— Il faudrait le faire exprès pour tomber aux oubliettes…

— Les rumeurs sont vraies, alors ? demanda Elsie, sa curiosité piquée malgré elle. Il y a vraiment des cachots dans les soubassements du château ?

— Personne n'en est jamais sorti pour en parler, dit-il avec un sourire vite effacé.

— C'est donc vrai qu'on ne revoyait jamais ceux qu'on y expédiait ?

C'était ce qu'on racontait dans les échoppes pour touristes du centre-ville.

— Rien de tel ne s'est produit depuis plus de cent ans. Ce qui ne veut pas dire que cela ne pourrait pas se refaire…

Elle ne rit qu'à demi à l'idée qu'elle pourrait s'y trouver à la merci de Felipe. Cette élucubration était choquante et fascinante tout à la fois.

Ils débouchèrent dans la grande galerie des portraits, à laquelle le public avait accès certains jours. Chacun des imposants tableaux représentait un membre de la famille royale. Elsie s'arrêta devant les plus modernes et étudia le tout dernier.

— De quand date-t-il ?

— De mon investiture, destinée à me consacrer comme héritier de la Couronne après le départ de mon père.

— Il n'y a aucun portrait de lui, constata Elsie.

— Il a abdiqué.

— Donc, il n'appartient plus à la famille ? Il n'y a non plus aucune représentation de votre mère. Elle ne vit pas ici ?

— Elle n'est pas revenue depuis que mon père l'a quittée pour la mère d'Amalia. Elle n'était pas de taille à affronter la déception de mon grand-père…

Le roi Javier semblait, à entendre son petit-fils, plus un tyran qu'un roi. Il bannissait les gens ? faisait retirer leur portrait des murs ? Une telle dureté avait dû marquer Felipe.

— Et vous ?

— Ma mère m'a cru assez grand pour me passer d'elle.

— Quel âge aviez-vous lors de l'investiture ? demanda-t-elle, revenant à son portrait en grande tenue de cérémonie.

— Dix-sept ans.

— Vous étiez bien jeune pour endosser ces responsabilités.

— Vous le pensez ?

— J'avais dix-sept ans quand ma mère a reçu son diagnostic… La maladie s'est révélée fatale.

Elle se croyait adulte alors. Et forte. Elle avait eu tort.

— Je suis désolé, murmura Felipe.

Elsie ne l'était pas. S'occuper de sa mère malade avait été un privilège et elle n'avait jamais regretté les heures passées à son chevet. Mais cela avait été éprouvant. Son père s'était défaussé, incapable de faire face. Son frère aussi, resté à l'université, l'avait laissée seule…

Elle inspira longuement. Oui, elle plaignait Felipe.

— Il est dur de perdre un parent, jeune ou non, dit-elle, consciente qu'elle et lui, tout comme Amalia, partageaient la même expérience. Amalia a de la chance de vous avoir.

— Je ne l'avais pas vue aussi vive et intéressée depuis son arrivée à Silvabon, dit-il. Merci…

— La musique apaise l'âme, répondit Elsie, presque gênée.

— Ce n'était pas la musique.

Une chaleur soudaine envahit le corps d'Elsie. C'était embarrassant de voir encore son imagination s'enflammer à un simple compliment tout à fait innocent.

Ils arrivèrent bientôt au sas de sécurité qui débouchait près des grilles. Il ne restait à Elsie qu'un pas à faire pour retrouver le monde réel. Elle se tourna vers Felipe.

— Amalia ne semble pas ravie de retourner à l'école…

— Sa passion pour la musique l'y aidera. Je ne savais pas à quel point elle était douée. Un pensionnat en Europe conviendra parfaitement.

Elsie sentit sa peau se hérisser.

— Un pensionnat ? Pour quelle raison ?

— Je ne veux pas qu'elle reste ici.

Sa franchise la choqua.

— Pourquoi pas ? Elle n'a que vous au monde !

Les épaules de Felipe se raidirent.

— Je ne suis pas… Ce n'est pas bon pour elle de rester ici.

— Et vous, vous êtes parti ?

Le visage de Felipe se referma.

— Je n'ai passé qu'un trimestre en pension en France.

— Pourquoi si peu de temps ?

Elle n'aurait pas dû fouiner, ce n'étaient pas ses affaires…

— On avait besoin de moi ici. Je devais apprendre mon futur métier plutôt que les matières académiques.

— Comment s'adresser à la foule ? Saluer poliment ?

Elsie tentait de plaisanter, mais rien de cela n'était drôle. Elle était bien consciente des sacrifices qu'il avait dû consentir, celui de sa jeunesse tout d'abord…

— En pension, Amalia jouira d'une liberté qu'elle n'aurait pas ici. Et elle sera en compagnie de gens de son âge.

— Plutôt qu'en compagnie d'une serveuse de café avec des piercings aux oreilles ! dit Elsie avec un demi-sourire.

Je comprends, vous ne voulez pas lui donner trop de responsabilités.

— Elle a déjà son lot.

Lui aussi avait dû porter un lourd fardeau, sans parler de la séparation de ses parents et d'un grand-père autoritaire...

— Il faut que j'y aille, il se fait tard, dit Elsie, autant pour s'en convaincre que pour s'excuser auprès de lui.

Elle posa la main sur la porte. Pour partir. Mais c'était comme si elle était reliée à Felipe par un invisible cordon.

Lui ne s'écartait pas, la faisant prisonnière de son regard.

— Vous ne voulez pas que j'appelle une voiture ?

— C'est une magnifique soirée pour rentrer à pied.

Il hocha la tête sans avoir l'air de comprendre vraiment.

— Cela ne vous arrive jamais, c'est cela ? reprit-elle. Vous ne pouvez pas déambuler dans les rues sans une horde de gardes, et sous le regard du monde entier...

— Ça y est, vous êtes désolée pour moi ! dit-il en souriant.

— Vous ne voulez pas que je vous plaigne.

— Non, répliqua-t-il, son beau sourire s'effaçant.

— Que voulez-vous, alors ?

Il y eut un long silence. Elle n'avait pas posé la question de façon provocante, pas consciemment en tout cas. Et pourtant, elle avait levé le voile sur l'interdit... Il s'approcha.

— Elsie ?

— Majesté ?

— Depuis quand vous souciez-vous de mon titre ?

Depuis qu'il se tenait si proche et qu'une fièvre ardente faisait bouillir son sang. Depuis qu'elle le savait destiné à une autre et ne pouvait étouffer sa colère. Parce que ce qu'elle éprouvait pour lui n'était qu'un rêve, une chimère...

— Vous me remettez à ma place, Elsie ? reprit-il.

Sa place ? Celle qu'il avait à l'instant même, tout près d'elle, semblait si juste ! Et pourtant, c'était mal, puisqu'il appartenait à une autre ! Même en faisant abstraction de cela, Elsie sentait au plus profond d'elle-même que c'était mal. Si Felipe connaissait sa famille… À l'évidence il n'en était rien, sinon il se serait tenu loin d'elle. Mais sa proximité donnait corps et substance au désir qui avait grandi en elle au fil de la journée.

— Comme si vous alliez rester à votre place ! ironisa-t-elle. Vous êtes habitué à faire ce que vous voulez.

— Ce que je veux ?

Son regard la cloua sur place. Rien ne la retenait, mais elle était enchaînée. Elle s'agrippa à l'étui de sa mandoline, dernière barrière entre eux, qu'elle ne pouvait pourtant se résoudre à lâcher. Les secondes s'écoulèrent, interminables…

— Il faut partir, lâcha-t-il soudain.

Ses mots s'incrustèrent en elle, comme des griffes. Le rejet était brutal, absolu. Elsie ne pouvait rien répondre, et encore moins bouger.

Il s'approcha encore, une expression torturée dans le regard.

Ce qu'elle vit, ce qu'elle ressentit, la terrifia.

— Partez, Elsie. Maintenant !

# 7.

*Vendredi, 17 h 38*

Elsie plongea son regard dans celui de Felipe. Elle ne se plierait pas aussi facilement à sa volonté.

— Pourquoi tenez-vous à ce que j'aille à ce fichu banquet ? Peut-être est-ce un moyen d'évacuer votre culpabilité ? Transformer la petite souillon en princesse… Vous jouez les fées marraines, mais je n'ai rien d'une Cendrillon.

— Vous avez peut-être partiellement raison, à ceci près que si vous n'êtes pas Cendrillon, je ne suis pas non plus une bonne fée.

— Ah non ? Parce que ça y ressemble beaucoup ! Un coup de baguette magique et hop ! Elsie va au bal…

Felipe posa ses paumes contre le mur, de chaque côté de la tête d'Elsie.

— Et maintenant, persifla-t-il, toujours une bonne fée ?

Elsie sentit son cœur cogner contre sa poitrine. C'était l'exacte sensation qu'elle avait fuie plusieurs mois auparavant. Celle-là même qu'elle cherchait à oublier. Par la faute de Felipe, on l'avait renvoyée alors qu'elle était plus heureuse à Silvabon qu'elle ne l'avait été depuis des années. Elle avait enfin trouvé une place où l'on ne connaissait pas ses antécédents. Jusqu'à ce qu'il ruine tout… Pourtant, elle était toujours attachée à Felipe. Leur rencontre avait été l'un des moments les plus excitants de sa vie.

— Tout ceci est ridicule, murmura-t-elle, décidée à résister à tout prix. Vous êtes le roi, vous devez montrer l'exemple. Vous ne vous servirez pas de moi pour tromper votre fiancée.

Felipe se contenta de sourire, ce qui irrita Elsie. Croyait-il qu'elle avait oublié ses fiançailles ?

Il était sur le point d'épouser une certaine Sofia, superbe princesse d'un petit État alpin du cœur de l'Europe. Elsie n'avait pas eu à chercher l'information : la nouvelle, quoique non officielle, était déjà dans tous les journaux.

— Je suis touché que vous ayez gardé cette conversation en mémoire, répondit-il en se rapprochant encore un peu plus.

Elle se souvenait de chaque mot prononcé ce jour-là. Felipe vint replacer derrière l'oreille d'Elsie une mèche de cheveux rebelle, avant de conclure :

— Si j'étais fiancé à qui que ce soit, je ne serais pas en train de vous parler aujourd'hui. Vous pouvez vous détendre.

Se détendre ? Le cœur d'Elsie semblait sur le point d'exploser. Felipe, libre de tout engagement ? C'était impossible. Il jouait avec les mots.

— Si pas officiellement fiancé, promis tout du moins. La sémantique ne vous sauvera pas, dit-elle sévèrement.

— Ni fiancé ni promis. La princesse Sofia et moi avons dénoncé le contrat noué entre son père et mon grand-père.

Elsie ne voulait pas y croire. Elle refusait de se laisser entraîner par l'espoir qui naissait de nouveau en elle.

— Vous inventez cela alors que vous êtes en train de me plaquer contre un mur… Un peu facile, non ?

La mâchoire de Felipe se contracta.

— Vous ne me croyez pas ?

— Ça n'a été annoncé nulle part.

On mentionnait encore la princesse dans les journaux

qu'elle avait vus le matin même, à l'aéroport. Les chroniqueurs mondains se demandaient si la date de leur mariage ne serait pas dévoilée à l'occasion du sacre.

— Vous lisez donc la presse à scandale ?

— Non, répondit Elsie en mentant.

— J'attends la fin du couronnement pour annoncer à tous qu'il n'y aura pas de mariage. Je ne veux pas que cette information éclipse la cérémonie.

Le cerveau d'Elsie, en ébullition, peinait à enregistrer ce qu'elle entendait.

— Elle n'a pas voulu vous épouser ? J'ai du mal à comprendre pourquoi.

— Vraiment ? Vous me flattez !

Quelque chose sembla s'adoucir dans son regard.

— Maintenant, reprit-il, vous savez au moins deux choses : je ne suis pas votre bonne fée, et je ne suis pas fiancé.

Felipe prit sa main dans la sienne. Trois mois auparavant, il ne l'avait pas touchée. Chacun avait gardé ses distances. Jusqu'à ce dernier instant, jusqu'à ce que leurs lèvres soient à un souffle de se frôler. Un spasme d'excitation fouetta le sang d'Elsie. Elle avait tant rêvé de ce contact !

— Felipe…

Ce qu'elle avait prononcé comme un avertissement ressemblait à une supplique. Un éclair de triomphe éclaira le regard du roi, mais elle y décela aussi les traces d'une tempête plus sourde. Une hésitation qui allait au-delà de leurs propres personnes.

Comment Felipe avait-il pu lui manquer à ce point ? Elle le connaissait à peine, mais la journée passée au palais avait changé sa vie. Son magnétisme était puissant. Elle le ressentait à nouveau, incapable de le repousser, incapable de maintenir contre lui les accusations dont elle s'était satisfaite pour justifier sa fuite. Car à vrai dire, elle s'était enfuie tout autant qu'il ne l'avait chassée. L'erreur de jugement commise par son employeur à son encontre lui avait permis de sauver la face, lui donnant une bonne raison de partir.

— Je formule ma requête une dernière fois, Elsie : je vous en prie, venez au banquet ce soir.

La douceur de sa voix eut raison de ses dernières résistances.

— D'accord, murmura-t-elle. Je viendrai.

Felipe recula et lâcha sa main. Puisqu'elle avait dit oui… Mais pas à ce qu'il désirait réellement. Il aurait voulu l'entraîner dans ses appartements, et tout oublier dans ses bras… Au moins ressentait-il une satisfaction réelle : elle avait consenti à l'accompagner au banquet.

— Amalia sera heureuse de vous voir. Mes services vont vous prendre en charge, ils s'occuperont de la nouvelle organisation du plan de table.

Oui, et ils lui en voudraient probablement pour ce changement de dernière minute. Mais peu lui importait. À la seconde où il avait entendu le nom d'Elsie dans la bouche du major Garcia, son sang n'avait fait qu'un tour. La disparition de la jeune femme, trois mois plus tôt, l'avait rendu si furieux qu'il avait refusé de répondre aux questions inquiètes d'Amalia. Et il n'avait rien voulu savoir de la destination d'Elsie. Parce qu'à vrai dire, s'il avait été enragé de son départ, Felipe s'était senti, aussi, étrangement soulagé… Il n'avait pas connu beaucoup d'histoires de ce genre. L'intimité était quasiment inexistante au palais. D'ailleurs, il ne la recherchait pas. Plus d'une fois, il s'était servi de la rumeur de ses fiançailles à la princesse Sofia pour éloigner celles qui cherchaient à l'approcher. Mais le désir pour Elsie n'était pas mort : il couvait sous la braise, prêt à être ravivé.

Felipe maudit le désir qui lui nouait l'estomac. Il avait prié pour que cela s'amenuise avec le temps, et qu'il en vienne à considérer leur rencontre comme un simple accident de parcours. Mais il n'avait pas pu l'oublier. Que signifiait cette attirance qui lui soufflait de jeter son titre aux orties ? Peut-être Elsie avait-elle raison. Peut-être s'ennuyait-il, peut-être n'était-ce qu'un dernier sursaut avant de prêter serment… Toute explication, en tout cas, valait mieux que ce qu'il ressentait, et qu'il s'interdisait de ressentir ! Car Felipe n'était pas son père. Il n'avait pas l'intention d'abandonner ceux qui comptaient sur lui. Demain, il honorerait sa promesse, servirait son peuple, ferait passer son devoir avant tout le reste. C'était déjà le cas, de toute façon… Sa vie ne lui appartenait plus depuis longtemps, la cérémonie ne ferait qu'entériner ce fait. C'était une formalité, une consécration des renoncements consentis depuis qu'il avait accédé au trône, après la mort de son grand-père. Le sacre était le point d'orgue réclamé par son peuple.

D'ailleurs, les retombées économiques seraient loin d'être négligeables. L'événement de la décennie, tel que la presse l'annonçait, serait retransmis aux quatre coins de la planète. Et puisqu'il n'y aurait jamais de mariage, pas plus que d'héritiers, le roi devait s'efforcer d'en donner à tous pour leur argent. L'amour qu'il portait à son peuple comme à son pays le soutiendrait dans cette tâche.

Le banquet de ce soir, cependant, était un événement privé. Il n'y aurait pas de caméras et Felipe avait interdit toute photo d'Amalia comme de sa compagne. Il ferait en sorte qu'Elsie soit prise en charge pour la soirée. Il s'éviterait ainsi toute tentation…

Le simple fait qu'il pense ainsi à elle lui prouvait à

quel point il avait eu raison de rompre avec la princesse Sofia. Rien de cela n'aurait été juste pour elle. Jamais il ne demanderait à une femme de s'installer au palais. La vie entre ces murs avait brisé sa mère. Son père également, lui qui était pourtant préparé à régner. Felipe n'imposerait jamais cela à personne. Malgré tout ce que pouvait en dire Elsie, il n'était pas trop gâté. Les ordres qu'il donnait étaient invariablement au bénéfice d'autres que lui. Il agissait toujours pour le bien collectif. Mais pour une fois, Felipe avait envie de prendre la mauvaise décision, juste pour lui. Avec elle. Et elle le savait. Il avait senti son pouls battre contre ses doigts. Elle s'était irritée quand elle le croyait promis à une autre. Pourquoi aurait-elle été jalouse ?

— Qu'est-ce que cette vidéo dont vous parliez ? demanda-t-il finalement, aiguillonné par la curiosité.

Les yeux bleus d'Elsie étincelèrent.

— Vous ne l'avez vraiment pas vue ?

— Non.

— Que font vos équipes de sécurité ?

— Leur travail. Mais je n'ai pas encore lu le rapport qu'ils ont compilé à votre propos.

— Ça ne vous intéressait pas ?

Comme Felipe ne répondait pas, elle ajouta à mi-voix :

— Ne le lisez pas.

Ce que le dossier contenait la mortifiait, visiblement. Il pesa ses mots avec soin :

— Est-ce que quelqu'un a… profité de vous ?

Si tel était le cas, ce quelqu'un mordrait la poussière, il en faisait le serment.

— Pas de la manière dont vous l'entendez, souffla Elsie.

Il soupira de soulagement. Il ne l'aurait pas supporté.

— Je suis navré de ce qui a pu se passer. Je ne chercherai pas à en savoir plus.

Elle hocha la tête, mais Felipe eut le sentiment qu'elle ne le croyait pas. On avait probablement abusé de sa confiance par le passé. Ce genre de blessures étaient profondes, il ne le savait que trop bien. Elle avait perdu son travail par sa faute, songea-t-il, comme la culpabilité s'emparait de lui. Il aurait dû chercher à la retrouver, et au lieu de cela, il n'avait pas bougé, agacé qu'elle occupe incessamment son esprit. Il fallait agir, réparer tant qu'il était encore temps. Ce soir, elle passerait une bonne soirée, il s'y engageait. Il sortit son téléphone.

— Oui, Majesté ? répondit une voix à l'autre bout du fil.

— Faites monter Callie à la suite d'Amalia.

— Ce sera fait.

Felipe raccrocha, et, s'adressant à Elsie, il ajouta :

— Callie est la femme de chambre d'Amalia. Elle vous aidera à vous habiller.

Il passa encore un appel à ses services de sécurité, puis, l'étui de la mandoline à la main, il guida Elsie à travers les couloirs. Sur le chemin, le personnel du palais les épiait à la dérobée, se gardant bien de croiser leurs regards.

Le visage d'Amalia s'éclaira à la vue d'Elsie.

— C'est ma faute si Elsie a dû quitter Silvabon, lança Felipe avant que sa pupille puisse s'étonner. Mes équipes de sécurité ont fait du zèle, et son employeur l'a mal interprété : il l'a congédiée. C'est pour ça qu'elle ne pouvait pas revenir au palais.

— C'est terrible, murmura Amalia.

— Je suis d'accord. Je lui ai donc présenté mes excuses et l'ai priée de se joindre à nous ce soir.

Amalia pivota vers Elsie.

— Ce soir ? À cet affreux banquet ? Je ne voulais pas y aller, mais si tu viens…

— Callie est en chemin pour vous aider, reprit Felipe. Tu pourras l'aider à trouver une tenue pour Elsie ? Ton goût est sûr, et tu sais ce qui est attendu à ce genre d'événements… Amalia se redressa, touchée par le compliment.

— C'est comme si c'était fait.

— Ça vous va, Elsie ?

Comme elle acquiesçait en silence, il se retira, n'ayant pas de raison de s'attarder en sa compagnie. Amalia, elle, semblait plus heureuse qu'elle ne l'avait été depuis des mois. La pauvre se sentait si seule, depuis le départ d'Elsie ! Une fois la cérémonie derrière eux, il prendrait le temps de lui chercher la meilleure des écoles. Lorsqu'il pénétra dans son bureau, les cinq conseillers qui l'occupaient se figèrent. Sa décision d'inviter Elsie avait eu l'effet d'une bombe. Jusqu'ici, Felipe avait toujours fait ce qu'on attendait de lui…

— Tout est sous contrôle ? demanda-t-il.

Son secrétaire particulier s'avança.

— Eh bien, Majesté, les plénipotentiaires européens demandent si vous accepteriez une réunion pour…

— Pas aujourd'hui, le coupa Felipe. Il faut que je me concentre sur la cérémonie.

À vrai dire, il lui fallait plutôt se concentrer… à chasser Elsie de son esprit.

Il ajouta :

— Dites-leur que je m'occuperai de cela après le sacre. Et ce soir, je les accueillerai en bonne et due forme au banquet.

Ce n'était pas, à l'évidence, la réponse que les conseillers attendaient. D'ordinaire, le roi agréait les réunions qu'on lui proposait, sans discuter…

— Au fait, reprit Felipe, vous avez pu superviser la réorganisation du plan de table ?

— Nous y travaillons, Majesté, répondit son secrétaire, un peu pâle.

— Bien. Et au fait, les passagers bloqués à l'aéroport…

— Majesté ?

— Je n'aime pas les savoir emprisonnés dans leur hôtel… On ne peut pas leur organiser une visite, demain, dans la matinée ? Un tour du domaine viticole de l'île, par exemple, avec dégustation ? On pourrait aussi installer un écran géant, pour qu'ils puissent profiter du sacre avant de repartir.

Son secrétaire semblait hésiter. Finalement, il murmura :

— En termes logistiques, c'est un défi, mais…

— Rien que vous ne saurez surmonter. Le geste sera bienvenu pour compenser la liberté dont nous les privons.

— À vos ordres…

— Majesté ?

C'était Garcia qui s'avançait :

— Le commandant de bord nous a contactés à propos de Mlle Wynter, annonça-t-il.

— Ah, Garcia !

Il fallait justement que Felipe ait une conversation sérieuse avec lui, à propos de ce qui était arrivé à Elsie avant qu'elle s'enfuie de l'île.

Felipe se tourna vers les autres conseillers.

— Laissez-nous, je vous prie.

Dissimulant au mieux leur surprise, tous s'exécutèrent et Felipe reporta son regard sur son interlocuteur.

— Et que veut le commandant ?

— Il s'inquiète de savoir où est sa passagère…

Garcia évitait son regard, préférant s'en tenir au rapport qu'il lisait sur sa tablette.

Felipe était agacé. Elsie suscitait des instincts protecteurs chez d'autres que lui ?

— Faites-lui savoir qu'elle est en sécurité et sera sur la liste des passagers pour le vol de demain.

— Très bien, Majesté. Participera-t-elle à la cérémonie du couronnement ?

La réponse jaillit, instinctive.

— Non. L'avion partira dès le couronnement achevé. Elle sera en train d'embarquer, à l'heure de la cérémonie.

Et de sortir de sa vie pour toujours. Face à lui, le major Garcia ne semblait pas se satisfaire de la réponse. Felipe fronça les sourcils :

— Un problème, major ?

Il dévisagea celui qui dirigeait la sécurité du palais depuis plus de vingt ans, et qui avait assisté son irascible grand-père. Le major dansait d'un pied sur l'autre, visiblement mal à l'aise. Depuis qu'il avait failli, Garcia tentait de se racheter par tous les moyens, mettant parfois un peu trop de cœur à l'ouvrage… Il finit par répondre à son roi.

— Avez-vous lu le rapport rédigé à propos de Mlle Wynter, Majesté ?

— Je ne me rappelle pas vous l'avoir commandé, major.

Le ton de Felipe était glacial, mais le major ne semblait pas prêt à baisser les armes.

— Lorsque Mlle Wynter est venue au palais, poursuivit Garcia, j'ai jugé préférable de mener l'enquête sur son passé. Et savoir ce qu'elle venait faire sur l'île.

Il était temps de rappeler qui régnait et décidait ici, songea Felipe, furieux.

— Vous êtes donc allé au café pendant qu'elle était ici et vous vous êtes renseigné auprès de son employeur ?

— C'est exact.

— Sans en avoir reçu l'ordre, dit sèchement Felipe.

Garcia se raidit.

— C'est l'essence même de ma fonction que de vous protéger contre toute potentielle menace, Majesté.

— Vous ne faisiez pas confiance au travail préalablement effectué par Ortiz ?

— Si je peux me permettre, Majesté, son travail n'était pas très détaillé.

— Parce que je lui avais interdit d'aller plus en détail.

Garcia ne se démontait toujours pas.

— Voulez-vous voir le rapport, à présent, Majesté ?

— Non. J'apprécie votre sollicitude, Garcia. Et je respecte votre professionnalisme, mais sur ce point, vous avez dépassé vos prérogatives. Qui plus est, vous avez manqué de discrétion. L'impact sur l'emploi de Mlle Wynter est inacceptable. Son renvoi porte atteinte à l'image de la Couronne. Imaginez ce que ferait la presse de cette histoire, si elle l'apprenait ! Remercions le ciel que Mlle Wynter n'ait pas donné plus d'écho à l'affaire.

— Mais, Majesté…

— Je ne veux rien entendre. Sachez que Mlle Wynter ne représente de menace ni pour moi, ni pour Amalia, ni pour aucun des dignitaires présents lors du banquet de ce soir. Elle quittera très bientôt le pays. Je vous fais confiance pour tenir son identité et sa présence ici secrètes. Me suis-je bien fait comprendre ?

— Parfaitement, Majesté.

— Je vous remercie, Garcia. Ce sera tout.

Felipe ne voulait pas lire le rapport ni regarder la vidéo. Ce qu'il désirait allait bien au-delà.

La femme de chambre d'Amalia était redoutable d'efficacité. En moins d'une heure, une sélection de robes avait été livrée et disposée sur un portant.

Amalia et elle se retrouvaient enfin seules. La jeune femme examinait distraitement l'éventail des robes suspendues.

— Je suis navrée que tu aies dû partir soudainement, lança-t-elle avec un sourire embarrassé. Felipe n'aurait pas dû…

— Je ne crois pas qu'il soit à blâmer pour cela.

Tout en répondant, Elsie réalisait qu'elle croyait Felipe quand il lui assurait ignorer qu'on enquêtait sur elle.

— Tu es généreuse, murmura Amalia.

— J'essaye d'être juste…

Peut-être. N'était-ce pas son attirance pour Felipe qui lui dictait cette générosité ? Un petit silence s'ensuivit.

— On pourrait sauter le banquet, suggéra soudain Amalia, l'œil malicieux. Je pourrais dire que j'ai une affreuse éruption cutanée, et on resterait ici à faire de la musique.

Le rire clair d'Elsie résonna.

— L'idée est alléchante, mais je ne crois pas, non…

— Et pourquoi pas ? Felipe ne remarquera même pas mon absence, dit Amalia qui continuait à examiner les robes.

— Je pense que tu te trompes, affirma doucement Elsie. Je sais qu'il est occupé, mais il se soucie de toi. Il voudrait que tu te sentes moins seule… Allons au banquet ensemble, cela lui fera plaisir.

— Si tu le dis… Que penses-tu de celle-ci ? demanda Amalia, retirant du portant une robe écarlate. Elle t'irait bien.

— Oh ! eh bien… Je crois qu'on ne verrait que moi…

Elsie était secrètement terrifiée à la perspective du banquet. Alors en rouge ! Amalia lui jeta un regard curieux.

— Tu ne veux pas qu'on te remarque ?

— J'aimerais mieux pas ! Je ne suis pas dans mon élément, ici. Je serais incapable de porter une tenue aussi voyante…

— Moi non plus, je ne suis pas dans mon élément ici… Amalia sourit brusquement, avant d'ajouter :

— Alors nous ne serons pas dans notre élément ensemble !

— Et le tout discrètement, acquiesça Elsie.

— La discrétion, soupira Amalia, comme c'est ennuyeux !

Elsie voulait pourtant plus que de la discrétion. Elle voulait se fondre dans le décor, exister le moins possible. Jouer les Cendrillon ne l'intéressait pas, elle appréhendait tout commentaire flatteur à son passage. L'anonymat lui permettrait de profiter de la soirée.

Une demi-heure plus tard, Elsie, sortant des mains d'un coiffeur et d'une manucure, était fin prête. Elle attendait l'heure fatidique et jeta un coup d'œil à Amalia. La jeune fille, encore en peignoir, était figée sur une chaise autour de laquelle s'affairait une maquilleuse. Celle-ci finit par se retirer, satisfaite du résultat de ses soins.

— Je suis vraiment heureuse de ne pas être une princesse, lança Elsie. Subir ces préparatifs tous les jours…

— Moi aussi ! pouffa Amalia. Mais tu peux quand même reconnaître que tout cela est excitant, non ?

Amalia avait raison, bien sûr. Il était très valorisant de se faire apprêter par une armée de professionnels…

— Ta robe est parfaite, ajouta Amalia d'un ton satisfait.

Elle avait aidé Elsie à choisir un fourreau d'un bleu profond – couleur officielle du royaume –, élégant et discret. Une tenue qui n'attirerait pas l'œil…

— Quels escarpins ? demanda Amalia en lui présentant cinq paires choisies par Callie.

— Je ne peux pas monter sur des talons aussi hauts, protesta Elsie face aux Louboutin qu'on lui proposait.

— Plutôt ballerines de satin, alors ?

— Ça ne va pas aider ma petite taille…

— Je propose des échasses ! lança une voix rieuse.

Elsie pivota sur elle-même, tandis qu'Amalia étouffait un rire. Felipe les avait rejointes.

— Arrêtez de faire des peurs pareilles aux gens ! gronda Elsie. Nous devons finir de nous préparer.

— Vous m'avez l'air tout à fait prête, commenta Felipe sobrement, faisant glisser un regard appréciateur sur sa silhouette.

Elsie se sentit rougir, sans se priver de l'observer en retour. Il portait un smoking et une ceinture large bleu nuit frappée des armes de la Couronne. Ce n'était pas l'uniforme officiel, mais l'ensemble était assez fastueux pour que l'on sache à qui l'on s'adressait. Elsie sentit son pouls s'emballer tandis qu'une douce chaleur envahissait son ventre.

— Et tu as donc choisi un peignoir, pour ce soir ? poursuivit Felipe à l'adresse d'Amalia, le sourcil ironiquement haussé.

— Laisse-moi deux minutes, répondit la jeune fille en bondissant vers le dressing.

Felipe attrapa une paire d'escarpins destinée à Elsie.

— Ceux-ci vous iraient bien.

Elsie aurait préféré mourir plutôt que de reconnaître qu'il avait d'instinct choisi les plus belles. Les talons n'étaient pas démesurément hauts, et le laçage sur l'avant était sobre, élégant. Elle les lui prit maladroitement des mains.

— Merci, bonne fée… mais vous ne me les passerez pas aux pieds ! dit-elle d'un ton de défi.

— N'oubliez pas qu'il me suffit d'un seul coup de baguette magique pour vous transformer en citrouille, plaisanta-t-il, avant d'ajouter, d'une voix rauque de sous-entendus : Ou vous faire gémir au fin fond d'un cachot… Prérogative royale !

Elsie, fébrile, se détourna, autant pour cacher sa rougeur que pour enfiler les escarpins.

— Je suis content, murmura Felipe en admirant le résultat. D'habitude, vous ignorez mes suggestions.

— Parce que c'en était une ? rétorqua-t-elle, faussement

candide. Je pensais que c'était encore un de vos ordres… Prérogative royale…

Felipe pouffa.

— En qualité d'invitée, vous devez respecter les us et coutumes du pays, y compris l'obéissance au roi. Mais pour ce soir, je suspends cette prérogative. Pour vos beaux yeux et parce que vous êtes d'accord sur la paire de chaussures…

Mais Elsie ne le prenait pas à la plaisanterie et Felipe ressentit le besoin d'être sérieux, cette fois.

— J'en fais le serment, Elsie, reprit-il. Je ne vous donnerai aucun ordre. Ce soir, je ne suis pas le roi. Pour vous, je serai seulement un homme.

Elsie, écarlate, tenta vainement de donner du sens aux mots qu'elle venait d'entendre…

— Amalia a dit que… que ce fourreau bleu ferait l'affaire, bégaya-t-elle en désignant sa robe, cherchant désespérément à dévier la conversation.

Pourquoi cherchait-elle son approbation ? Ce que pensait Felipe n'avait pas d'importance. Mais elle avait la bouche sèche en revivant l'instant où il lui avait ordonné de partir sans pour autant cesser de la regarder comme si c'était la dernière chose qu'il attendait d'elle ! Ce moment où il avait failli l'embrasser… Il avait le même regard, ce soir. La tempête couvait en lui, mélange explosif de désir et de déni.

— Vous êtes parfaite, conclut-il. Au banquet, vous serez présentée comme l'invitée d'Amalia.

— Je préférerais qu'on me voie comme sa prof de musique, proposa-t-elle.

— D'accord ! acquiesça Felipe.

— On ne leur dira pas mon nom complet, n'est-ce pas ? Et je ne serai pas assise trop près de vous ?

Un demi-sourire vint aux lèvres du roi.

— Ce complexe d'infériorité ne vous va pas du tout. Nous sommes égaux, vous savez.

— Vous savez bien que ce n'est pas le cas.

Avant qu'il puisse répondre, Amalia fit son retour. Ils continueraient cette conversation plus tard.

— Tu es splendide, Amalia ! déclara Felipe.

— Je viens pour faire plaisir à Elsie ! déclara sa pupille d'un ton rebelle.

— Et moi, je fais ça pour elle, murmura Elsie, tandis qu'ils emboîtaient le pas à la jeune fille.

Felipe lui décocha un regard acéré :

— Si ça peut vous rassurer d'y croire…

# 8.

*Vendredi, 19 h 03*

Les nerfs d'Elsie se nouèrent. Que voulait-il dire par là ?

Felipe menait leur petit groupe, mais au lieu de conduire Elsie et Amalia à la salle de bal, il leur fit faire un détour par une pièce un peu à l'écart, toute capitonnée.

Lorsqu'elles furent entrées, il demanda à sa pupille de s'approcher.

— Je sais que tu aimes les bijoux, dit-il en la menant à une table où l'on avait déposé des écrins de velours. Tu peux en choisir un pour ce soir.

— C'est vrai ?

Rougissant de plaisir, les yeux écarquillés devant l'éclat des joyaux, Amalia contemplait les colliers, les boucles d'oreilles, les peignes rehaussés de pierres précieuses… Elsie était restée à l'écart et admirait l'ensemble de loin. Felipe la rejoignit.

— Votre peau est nue, elle aussi, fit-il remarquer, tirant quelque chose de sa poche. Peut-être voudriez-vous l'orner ?

Elsie ne put réprimer un frémissement en voyant le collier de diamants qu'il lui tendait. Les pierres brillaient de mille feux. Cette chaînette était-elle destinée à le lier à lui, pour toujours ? Choquée par ces pensées déplacées, Elsie le dévisagea, et encore une fois, les étincelles crépitèrent entre eux. Elle mourait d'envie de se jeter dans ses bras !

Soudain, une vision l'envahit. Elle était nue, ne portant rien que ce collier de diamants, et il la regardait, un sourire ravageur aux lèvres…

Une boule de feu explosa dans son ventre.

— Je ne peux pas…, dit-elle en secouant la tête pour dissiper sa gêne.

— Ce n'est qu'une parure, juste pour ce soir…

— Mon corps, mon choix ! lui rappela-t-elle farouchement, désespérée par le tour que prenaient ses pensées. Vous dites ne pas être ma fée marraine, mais vous voulez me façonner pour que je ne détonne pas trop dans votre monde !

— Cela n'a rien à voir, déclara Felipe posément. Vous n'appartiendrez jamais à mon monde.

La vérité faisait mal. Elle cilla, et il lui attrapa le poignet avant qu'elle s'éloigne, reprenant à voix basse :

— Et tant mieux, Elsie…

— Si c'est une bonne chose, alors n'essayez pas de me transformer !

— Ne pouvez-vous être vous-même et porter de jolies choses ? Vous en croyez-vous indigne ?

Il voyait clair en elle. Il fallait qu'elle l'arrête et pour cela, rien ne valait la vérité. Celle qui faisait mal, comme il venait juste de le démontrer.

— Mon père est en prison, jeta-t-elle, baissant la voix.

Il se figea, sidéré.

— Votre père n'est pas vous, dit-il enfin.

Les pleurs montèrent aux yeux d'Elsie et elle cligna des paupières pour chasser l'émotion qui menaçait de la submerger. Son aveu n'était donc pas suffisant pour tenir Felipe à distance, il allait falloir assener d'autres vérités…

— Mon frère a fait de la prison, lui aussi.

— Mais pas vous, n'est-ce pas ? se récria Felipe.

Elle secoua lentement la tête, tandis qu'il fixait sur elle ses yeux sombres et profonds.

— Et votre mère n'est plus là. Je suis navré, Elsie.

Elle avait tout tenté, mais il ne s'éloignait pas… Au contraire, il s'était rapproché, le collier à la main. Il n'aurait pas de mal à la convaincre de le porter, car la tentation était déjà en elle : ce serait si bon d'être acceptée, de faire semblant, ne serait-ce que pour une soirée… Elle en avait désespérément envie !

— Je vous en prie, Felipe, non. Ce n'est pas à moi. Je ne l'ai pas gagné par mon travail, et…

— Ce n'est qu'un prêt, pas un don. Amalia m'a dit que vous ne vouliez pas vous faire remarquer. Sans bijou, on vous remarquera. J'imagine que Sofia en portera tant qu'on la verra à peine !

Elsie tressaillit, une horrible sensation au creux de l'estomac.

— La princesse Sofia ? Elle sera là ce soir ?

— Vous êtes jalouse de mon ex ? dit-il en la dévisageant.

Elsie rendit regard pour regard :

— C'est vraiment votre ex ?

— Pas exactement, dit-il en baissant sa voix d'un ton. Nous n'avons jamais… été intimes.

Elsie se sentit à la fois soulagée et très embarrassée.

— Vous n'aviez pas besoin de me le dire, vous savez…

Il la dévisagea comme si elle était une extraterrestre et éclata de rire :

— Les princesses vierges ne se trouvent plus que dans les contes de fées, Elsie. Vous le savez, n'est-ce pas ?

Sa gêne grandit encore lorsqu'elle répliqua :

— Parce que vous avez fréquenté d'autres princesses ?

— Aucune de mes anciennes maîtresses ne sera là ce soir.

— Cette information est trop personnelle pour m'être

confiée, dit Elsie en secouant la tête. Vous êtes sûr de ne pas me faire trop confiance ? Je pourrais révéler cela aux journaux !

Sa réplique véhémente le fit rire encore plus fort, mais comment interpréter la chaleur de son regard ?

— Mon secret sera bien gardé, j'en suis sûr. Vous n'avez parlé à personne de votre bref séjour au palais. Vous ne voudriez pas blesser Amalia, ni moi, d'ailleurs.

— Même si la presse me faisait un pont d'or ?

— Votre intégrité compte trop à vos propres yeux, dit-il avec un regard adouci. Je vous fais confiance, Elsie. Je ne vous proposerais pas de porter ce collier sinon.

Les larmes lui montèrent aux yeux. Sa confiance lui était immensément précieuse… Et en même temps, elle en était attristée, car il était l'une des rares personnes à croire en elle.

— Merci pour votre offre, elle m'honore, répondit-elle avec simplicité. Mais la robe est superbe et elle suffira. Je ne suis qu'une simple musicienne. Personne ne s'attend à me voir arborer une rivière de diamants.

Il la regarda solennellement.

— Qu'il en soit fait selon vos souhaits. Es-tu prête ? dit-il à l'adresse d'Amalia, rempochant le bijou.

La jeune fille se retourna. Elle avait choisi un simple rang de perles qui lui allait à ravir.

— Des perles ? Excellent choix, Amalia ! Elles ont été pêchées au large d'une de nos îles il y a bien longtemps.

Amalia passa doucement le doigt sur la nacre.

— C'est vrai que tu plongeais pour en ramener, avant ?

Felipe leva un sourcil.

— Tu as entendu parler de ça ?

— Carlos disait que tu pratiquais l'apnée et qu'une fois, tu étais resté si longtemps sous l'eau que les gardes avaient plongé tout habillés pour te secourir ! Mais alors, tu avais refait surface en hurlant comme un fou parce que tu avais trouvé une perle d'une beauté incroyable.

Felipe cilla.

— Il t'a raconté cela ?

— Il parlait de toi tout le temps, répondit Amalia. Il disait que tu avais trouvé des dizaines de perles. Et qu'après cette affaire-là, le roi Javier t'avait interdit de plonger…

L'expression troublée de Felipe donna à Elsie le courage de s'approcher de lui. Heureusement, Amalia était inconsciente de l'effet que ses déclarations produisaient sur le roi. Il mit un instant à répondre, et Elsie comprit qu'il en avait profité pour se ressaisir.

— Oui, avoua-t-il enfin, il a dit quelque chose dans ce sens…

— Mais vous avez continué quand même, je parie ? lança Elsie d'un ton taquin, pour donner le change à Amalia. Et dire que nous vous croyions homme de parole…

— Je ne lui ai jamais promis de ne pas plonger. Il m'a conseillé d'arrêter et j'ai choisi de ne pas l'écouter.

Felipe accompagna sa déclaration d'un clin d'œil malicieux. Le petit stratagème d'Elsie avait réussi.

— Carlos disait que tu es plus courageux que n'importe qui, reprenait Amalia. Est-ce que tu pêches encore des perles ?

— Je n'ai plus trop le temps, dernièrement, répondit Felipe, le regard lointain de nouveau.

— J'aimerais bien essayer la plongée, dit Amalia d'un air songeur, Mais il faudrait sans doute que je sois meilleure nageuse…

Felipe s'éclaircit la gorge.

— Nous avons tous nos points faibles et nos points forts. Je suis parfaitement incapable de jouer du piano, par exemple.

— Je t'apprendrai, si tu m'apprends à plonger, promit Amalia.

Un moment, tuteur et pupille restèrent silencieux. Elsie cherchait le regard de Felipe et quand elle le trouva, elle lui adressa un message muet.

*Acceptez, je vous en prie !*

Un muscle de sa mâchoire se contracta, puis il répondit d'un ton léger :

— D'accord. Un peu plus tard, quand ta jambe sera consolidée.

Le cœur d'Elsie bondit de joie. Cela serait un lien de plus entre eux !

— Voilà une bonne motivation pour tes exercices de kiné, dit-elle en souriant à Amalia. Tu es ravissante avec ce collier.

Felipe les accompagna jusqu'à la salle de réception. Juste avant l'entrée, il se pencha vers Elsie et souffla :

— Je vais rejoindre ma place et nous n'entrerons pas ensemble, mais sachez qu'on va vous regarder. Vous ne croyiez pas passer inaperçue dans cette robe, si ?

Elle sourit, sa taquinerie allégeant la tension qu'elle sentait monter en elle. Et la rassurant : Felipe avait surmonté le trouble qui l'avait submergé quand Amalia avait évoqué son père. Bien entendu, il était capable de tout surmonter. N'était-il pas le souverain de ce pays ?

— J'espérais qu'en me drapant dans le bleu royal, je me fondrais dans le décor…

Après un dernier sourire, Felipe les laissa.

— Il n'est pas nécessaire de nous faire annoncer, expliqua Amalia. Prenons une entrée dérobée !

Elsie la suivit et une fois dans la salle, chercha Felipe des yeux. Grand, fort et totalement à son aise, il se tenait prêt à accueillir ses invités. Il dégageait une autorité naturelle, n'appréhendant nullement de se trouver au centre de toutes les attentions. Car tous rechercheraient son approbation. Mais il restait isolé… Personne ne se tenait à son côté, ni fiancée, ni famille, ni même sa mère. Et c'était lui qui le voulait ainsi, comprit-elle.

Il n'avait jamais voulu épouser cette princesse et lui imposer une vie de devoirs. Il ne voulait pas infliger à Amalia l'ennui d'accueillir les invités avec lui. Il considérait que c'était à lui de s'en charger, seul, sous le majestueux portrait de son grand-père. Il en avait la responsabilité, à présent. C'était ainsi.

Alors qu'elle l'étudiait, le regard de Felipe se porta vers elle. Elsie ressentit son intensité, comme s'il n'était qu'à quelques centimètres d'elle.

L'instant d'après, des gardes en livrée ouvrirent les portes principales et la procession des invités commença. Il ne fallut que quelques minutes pour que la salle se remplisse d'invités, parmi lesquels de nombreuses princesses, plus belles et élégantes les unes que les autres. Elsie tâcha de se concentrer sur la musique que jouait un orchestre de chambre, car elle s'aperçut qu'elle était jalouse de toutes les femmes auxquelles le roi parlait. Dans leur cortège, elle reconnut la princesse Sofia, qui avait été évincée du trône. En robe lamée or, elle avait une allure de déesse.

Des princes. Des rois. Des présidents, des premiers ministres… La sécurité devait être sur les dents. Elsie comprenait pourquoi l'espace aérien avait été fermé. Elle vit un groupe de gardes du corps qui gardaient l'œil sur Amalia. Elle les avait déjà repérés au café.

Et comme tous les invités présents, elle était très sensible à la personne du roi. À qui il parlait, vers qui il se penchait. Il se comportait en professionnel, accueillant chacun par son nom, accordant à tous ce qu'ils désiraient le plus : un moment de son attention.

L'excitation était palpable. La salle brillait de mille feux – couverts d'argent, chandeliers rutilants... Le repas s'avéra sublime, mais Elsie, la gorge nouée, ne pouvait pas avaler grand-chose. Elle souriait poliment à ses compagnons de table qui conversaient avec Amalia.

Une fois le banquet terminé, l'ensemble des convives passa dans la salle de bal.

Felipe aurait dû cesser de regarder Elsie, mais ne jamais la regarder éveillerait également les soupçons. Il avait du mal à trouver le juste équilibre. Il se sentit stupide et se surprit à la fixer encore...

Il voyait Amalia, détendue, rire à ses côtés. Elsie adoptait une posture plus réservée, mais ses yeux brûlaient comme la flamme chaque fois que leurs regards se croisaient. Pourquoi avait-il voulu la parer d'un collier ? Rien n'aurait pu rehausser son éclat naturel, la ligne pure de ses épaules, la soie de sa peau. Il ne se rassasiait pas de la contempler. Il aurait voulu en voir plus, laisser errer son regard sur tout ce que cachait le sage décolleté de sa robe. Il aurait voulu... Une goutte de sueur perla à sa tempe alors qu'il l'imaginait nue, attendant qu'il vienne la rejoindre. Jamais auparavant il ne s'était laissé aller à ce type de fantasmes, mais en cet instant, il comprenait qu'il la voulait toute à lui, soumise, non pas au roi mais à l'homme, à l'amant auquel elle ne refuserait rien, ni son corps ni l'accès au plus secret de son âme. Rien ne le satisferait qu'une possession totale et en même temps, il brûlait de s'agenouiller devant elle. Ressentir l'honneur qu'elle lui ferait en le touchant... Le pouvoir qu'elle exerçait sur lui était presque effrayant. Il ne pouvait pas s'exposer à cela, pas davantage que la monarchie... Oui, Elsie représentait bien une menace. Il n'avait pas su que son père et son frère avaient purgé des peines de prison. Il aurait dû, mais il avait négligé les avertissements de Garcia. Bon sang, il n'allait tout de même pas agir comme son père et laisser ses désirs assujettir son devoir ! Elsie ne faisait pas partie de son monde. Elle n'avait jamais vu le moindre paparazzi et pour son bien, il fallait que cela continue ainsi. Demain, elle quitterait l'île et il ne la reverrait plus. Ainsi, elle serait à l'abri…

Pourtant, il ne pouvait s'empêcher de regretter l'époque médiévale, quand un roi pouvait installer ses maîtresses à la cour et les honorer quand bon lui semblait. Il aurait voulu vider cette salle d'un claquement de doigts pour se retrouver seul avec elle, la dénuder et pouvoir jouir de toutes les libertés… Tout en laissant son esprit divaguer, il maintenait une conversation polie avec son entourage, s'assurant que nul ne se sentait lésé par manque d'attention. Mais jamais ses obligations ne lui avaient paru si pesantes.

Il vit Elsie tourner la tête vers lui et dut faire un effort pour brider la réponse immédiate de son corps. Mais il était incapable d'arracher son regard à sa contemplation. Il ne fallait surtout pas qu'il s'approche, pas avant d'avoir maîtrisé sa folle envie de la toucher !

Autour d'eux, les convives dansaient. Lui ne dansait jamais, cela aurait été accorder trop de faveurs à une seule personne. Ortiz vint le trouver et le conduisit vers un dignitaire qui l'attendait. Le temps qu'il en finisse, Felipe s'aperçut qu'il ne voyait plus ni Amalia ni Elsie.

— Où sont-elles ? demanda-t-il à Ortiz, toujours à ses côtés. Ne devriez-vous pas être avec elles ?

— Elles sont en sécurité dans une aile privée du château, Majesté. Cela fait environ vingt minutes qu'elles sont sorties.

Elle avait quitté la salle avant le roi ? Personne ne

faisait ce genre de choses. Mais ne l'avait-il pas libérée de l'étiquette, ce soir ? Il avait promis de ne pas être son roi… Pourtant, partir sans prendre congé ? Non, pas cette fois !

# 9.

*Vendredi, 23 h 27*

Après avoir raccompagné Amalia à sa chambre, Elsie descendit le long corridor, espérant qu'il menait bien à l'aile réservée aux invités. Elle aurait dû demander à la femme de chambre d'Amalia de l'y conduire, mais elle n'avait pas voulu la déranger. Tout était si calme ici, en si parfait contraste avec la salle de bal, qu'il lui semblait se trouver dans un royaume magique, hors du temps.

— Vous n'avez même pas attendu minuit pour vous enfuir…

Une ombre venait de surgir à ses côtés.

— Felipe ?

Elsie avait sursauté et sa frayeur se transforma en frisson quand il s'approcha. L'ombre de barbe sur sa mâchoire sculptée, le feu couvant dans son regard, tout cela était trop pour elle.

— Amalia en avait assez, elle est allée se coucher, expliqua-t-elle nerveusement.

— J'en ai assez aussi, grommela Felipe.

Irait-il se coucher, lui aussi ? Il ne fallait surtout pas qu'elle se l'imagine dans un lit !

— Mais vos invités ?

— J'ai pu parler avec chacun d'entre eux. Sauf vous.

— Je ne suis pas votre invitée, je suis…

— Obligée d'être ici, la coupa-t-il d'un ton rauque.

— Ici pour Amalia, corrigea-t-elle.

— Non, ce n'est pas vrai. Pas entièrement, en tout cas.

Le pouls d'Elsie s'affola. Bien sûr qu'elle était restée pour Amalia… mais pas seulement. Il fallait qu'elle arrive à respirer. À s'écarter de lui. Cela lui paraissait impossible…

— Je vais… retourner à ma chambre, à présent.

— Qui se trouve dans l'aile ouest. Pas ici.

Le ton de Felipe était narquois. Elsie se racla la gorge.

— Hum… Vous devriez rejoindre vos invités, non ?

— Je n'y tiens pas.

Elle parvint à sourire.

— Vous boudez presque mieux que votre jeune belle-sœur.

— Je ne suis pas sûr que ce soit le moment de me narguer, Elsie… Ma patience est épuisée par l'exercice auquel j'ai dû consentir ce soir. J'ai fait dire que je me retirais tôt pour méditer sur la cérémonie de demain.

Demain qui approchait à toute vitesse…

À midi le lendemain, des millions de sujets suivraient son couronnement. Cela devait le soumettre à une pression incroyable.

— Dans quelques minutes, on va tirer un feu d'artifice en votre honneur. Vous ne pouvez pas le manquer…

Un sourire malicieux s'afficha sur le visage de Felipe et se répercuta dans ses yeux alors qu'il se penchait, trop proche, pour murmurer :

— Je n'en ai pas l'intention.

Une décharge d'adrénaline explosa en elle.

— Mais… et vous ? Il n'est pas minuit et vous vous enfuyez déjà…

Elle aurait dû s'enfuir, effectivement, et à toutes jambes ! Mais, hypnotisée, elle se trouvait incapable de bouger.

— Non, je me retirais, moi aussi… Je suis fatiguée…

— Vous n'avez pourtant pas dansé. J'aurais voulu danser avec vous, dit-il en lui lançant un regard lourd de regrets.

— Pardon ?

— Vous seriez devenue la proie des journaux à scandale. Je ne voulais pas laisser pareille chose arriver.

Une dernière barrière céda en elle.

— Vous avez voulu… me protéger ?

C'était donc pour cela qu'il s'était tenu à distance toute la soirée. Elle qui croyait qu'il l'avait oubliée !

— La presse peut se montrer féroce, Elsie.

Il était si proche qu'elle en avait le vertige. Brusquement, elle se sentit perdre pied.

— Et vous, n'êtes-vous pas féroce quand vous poursuivez un but ?

Les yeux de Felipe s'agrandirent et ses doigts rencontrèrent ceux d'Elsie qui reprit :

— Est-ce que vous seriez en train de flirter avec moi ?

— Dansez avec moi, Elsie.

— Ici ? On n'entend même pas la musique.

— Vous êtes musicienne. Fredonnez quelque chose.

— D'autres ordres, Majesté ? demanda-t-elle, sourcil levé.

— Tellement que je parviens à peine à les refréner.

Elle ne put retenir un frisson sensuel.

— Vraiment ?

Il y eut un tressaillement dans sa mâchoire.

— Tentatrice…

— Je croyais que j'étais Cendrillon… Mais en fait, non. Cendrillon, c'est vous !

Une surprise non feinte se peignit sur les traits de Felipe, suivi d'une expression amusée.

— Cendrillon, moi ? Comment cela ?

— Vous êtes bloqué dans ce palais, à travailler pour

votre royaume, à honorer votre famille. Vous vous assurez que chacun a ce qu'il lui faut…

— Alors ne refusez pas ma demande. Dansez avec moi !

Cela ressemblait à tellement plus qu'une invitation…

— Parce que vous l'avez demandé gentiment ? dit-elle, mutine.

— S'il vous plaît.

Il se recula pour lui tendre la main.

Le geste doux et suranné la fit sourire. Elle posa la main dans celle du roi, espérant presque qu'il en profiterait pour l'attirer à lui. Mais en parfait cavalier, il gardait une distance respectueuse.

Il y avait toujours cette pause avant que la musique commence, cet instant où l'on était censé prendre sa respiration. Mais Elsie ne pouvait plus respirer du tout.

— Elsie ? Fredonnez-nous un air.

Elle se lança, quelques notes seulement, destinées à établir le rythme. Il suivit et l'entraîna dans une valse langoureuse.

Ils dansaient, pris dans une bulle qui n'appartenait qu'à eux. En le touchant, en sentant sous sa peau ses muscles tendus, Elsie se sentit délivrée. Car elle se permettait enfin de reconnaître cette part d'elle-même qu'elle avait refrénée.

Elle avait cessé de fredonner, mais ils avaient trouvé leur propre rythme et évoluaient avec lenteur dans le corridor sombre.

— Où me conduisez-vous ? dit-elle, un peu essoufflée, comme s'ils avaient dansé un fox-trot et non une valse lente.

— Dans un lieu secret.

Il la lâcha pour ouvrir une porte, et la lumière illumina la pièce.

Elsie écarquilla les yeux. C'était… somptueux.

— Vous avez une seconde salle de bal ?

Celle-ci était plus petite que la première mais encore

plus éblouissante, avec ses chérubins dorés et ses nymphes peints sur les fresques des murs.

— C'est un salon privé.

— Privé ? dit-elle en dardant son regard sur lui. Pour quoi faire ?

— Peut-être qu'aux siècles passés mes ancêtres se sont autorisé quelques privautés dans ce lieu…

Il tendit à nouveau la main vers elle.

Elsie se laissa aller au plaisir de la danse dans cet espace privilégié, protégé.

Allait-elle se laisser séduire ?

— Je crois qu'Amalia a apprécié la soirée, dit-elle dans un effort désespéré pour s'arracher à la magie de l'instant.

— Elle s'amusera bien plus quand elle sera en pension.

— Le croyez-vous vraiment ? plaida Elsie, le cœur brisé à l'idée qu'il allait éloigner Amalia. N'est-ce pas un conte de fées que de vivre auprès d'un roi, dans une île idyllique au milieu de la Méditerranée ?

— Croyez-moi, cela n'a rien d'un paradis. Amalia manque d'amis et des libertés qu'ont les autres adolescents.

Il n'avait pas tort sur ce point…

— Donc vous êtes décidé à l'envoyer ailleurs ?

— La presse s'est montrée cruelle envers sa mère et la mienne. Je veux la protéger de toute cette laideur. Elle serait déjà en pension si elle n'avait pas eu besoin de temps pour se remettre de ses blessures, et surtout de la perte de ses parents.

Et Felipe, s'en était-il remis ? C'était aussi son père qui était mort ce jour-là. En fait, il l'avait perdu deux fois : la première quand Carlos avait abdiqué, et, définitivement cette fois, dans l'accident. Comment faisait-il face ? Sans compter le fait que sa mère refusait de revenir au palais…

Elsie avait perdu sa propre mère, avant d'être ostracisée. Des gens qu'elle pensait proches l'avaient condamnée, rejetée, et elle s'était retrouvée seule. La solitude n'était pas agréable. Elsie ne voulait cela ni pour Felipe ni pour Amalia. Ils pouvaient être là l'un pour l'autre. Amalia avait fait un pas vers lui lorsqu'elle avait proposé de lui apprendre la musique en échange de quelques cours de plongée. Si Felipe le permettait…

— Mais elle est bien ici, dit Elsie. Avec vous.

— Pas si sûr… Ce soir, elle a souri pour la première fois depuis longtemps. Grâce à vous. Merci…

— Je n'y suis pour rien.

C'était grâce à lui, surtout.

Le regard de Felipe se fit plus aigu. Au loin, on entendit les douze coups de minuit et au dernier, Elsie sursauta mais Felipe la retint.

— Ce sont les feux d'artifice, murmura-t-il en l'attirant près du balcon pour qu'elle puisse contempler le spectacle.

Pressée contre sa poitrine solide, elle admira le ciel illuminé. C'était tellement beau qu'elle frémit.

Contrairement à Cendrillon, la magie commençait pour elle à minuit. Des choses merveilleuses pouvaient se produire sous le couvert de la nuit. Personne ne verrait rien, ne saurait rien. Le moment lui appartenait.

— La prochaine fois que les douze coups sonneront, vous serez couronné, dit-elle avec un sourire morose. Pauvre Cendrillon que vous êtes, condamné à une vie de devoir…

— Le couronnement n'est qu'une formalité, Elsie. Fondamentalement, rien ne va changer.

Non ? Pourtant, la résignation se lisait dans ses yeux, et son avenir était tout tracé.

Mais soudain l'expression de Felipe se fit orageuse. Il ne voulait pas de sa pitié. Ils n'avaient pas de temps à perdre.

— Je pourrais profiter de ta compassion, dit-il en la

plaquant contre un mur. Et te demander ce que tu ne devrais pas me donner…

— Comme quoi ? souffla-t-elle.

Il prit son visage entre ses mains, le tourna vers lui en un prélude au baiser.

Bouleversée par le soudain tutoiement, Elsie frémit en sentant le souffle de Felipe sur ses lèvres… mais aucun son n'en sortit.

— Dis-moi non, répéta-t-il d'un ton impérieux.

C'était pourtant une autre supplique qui se lisait dans ses yeux.

— Repousse-moi, Elsie !

Sa voix s'était cassée et soudain, Elsie se rebella. Pourquoi était-ce à elle de décider ? de faire encore une fois ce qu'il fallait ? Elle avait fait ce qu'on attendait d'elle avant et cela ne s'était pas bien terminé. Pourquoi être sage ? Elle l'avait été, et avait tout perdu.

Elle le défia alors que colère et désir faisaient rage en elle.

— Non.

Il se figea, mais avant qu'il puisse se détacher d'elle, Elsie enlaça son cou et le retint. Les yeux de Felipe étaient profonds comme la nuit, insondables, douloureux.

Sentir son corps si proche déclenchait en elle le besoin de tout prendre, au mépris des conséquences. Elle réclamait cet homme comme le tournesol réclame le soleil. Rien d'autre n'avait d'importance, elle se moquait de tout. Son corps lui semblait vibrer de toute l'énergie qu'elle avait réprimée. Elle voulait que Felipe la libère, qu'il laisse s'exprimer son corps sans entrave.

— Ce n'est pas un « non » que tu espérais, n'est-ce pas ? Que veux-tu, Felipe ? Dis-moi la vérité.

Elle aussi savait donner des ordres. Le poids du corps de Felipe, pressé au sien, lui coupa le souffle.

— Je te veux. Sois à moi ! gronda-t-il.

— Oui…, murmura-t-elle, fondant comme neige au soleil entre ses bras, le seul endroit où elle voulait être.

Il l'adossa contre le mur et retint son regard avant de mordiller sa lèvre inférieure, si légèrement, si doucement qu'elle en perdit le souffle. C'était un geste intime, dominateur, joueur. Une promesse… L'instant d'après, Felipe posait sur ses lèvres le plus doux des baisers. Elsie frissonna, prête à tout accepter.

Cet homme régnait sur une île superbe et prospère. En apparence, il possédait tout. Mais il avait si peu qui soit vraiment à lui ! Et il la voulait, elle.

Ce fut un florilège de sensations… Sa langue se fit caresse, ses lèvres se pressèrent contre les siennes, et elle se sentit perdre pied, enivrée.

Tout à coup, il s'écarta et la regarda droit dans les yeux. L'expression torturée qu'elle lut dans son regard la figea.

— Elsie, je ne veux pas…

Son excitation fit place à la colère, la seule émotion qu'elle acceptait d'afficher car elle ne pouvait lui dévoiler sa souffrance. Il n'était donc pas saisi de la même folie qu'elle ? Pour une fois qu'elle cédait à l'envie de prendre, elle allait se voir refuser ce qu'elle convoitait ?

— Ne vas-tu pas me demander ce que je veux ? Lança-t-elle, farouche. Tu prends cette décision sans m'y associer ?

Pourquoi lui laisser entrevoir le paradis pour se dérober à la dernière minute ? Ne le voulait-il pas aussi fort qu'elle ?

Une étincelle passa dans les yeux de Felipe, puis s'éteignit alors que mouraient les dernières lueurs du feu d'artifice.

— J'essaye de faire ce qui est juste.

Mais en quoi leur conduite était-elle répréhensible ? Eux, ici, maintenant, c'était cela qui était juste ! Pour une fois qu'elle se libérait du carcan des bonnes manières !

Cela faisait des années qu'elle s'astreignait à se conduire sagement, mais ce soir elle avait envie d'autre chose…

— Une fois dans ta vie, arrête de faire ce qui est bien et fais ce que tu veux ! Lâcha Elsie d'une voix coupante.

— Et tant pis pour les conséquences ?

— Quelles conséquences ? Le monde ne va pas s'écrouler. Nous faisons ce que nous avons envie de faire, ce que nous *sentons* juste, pas ce que nous *pensons* juste. Et non, ce n'est pas ce que nous *devrions* faire. Nous n'avons pas beaucoup de temps…

Ce serait le seul moment bien à eux. Après, le palais reprendrait ses droits. Personne n'en saurait rien. Ici, bien cachés, ils avaient une chance de s'évader vraiment, l'espace de quelques instants magiques.

— Elsie…

— En quoi cela serait-il mal ? Tu n'es pas un roi pour moi, Felipe, tu es juste un homme. L'homme que je veux !

Son désir impérieux balaya sa prudence habituelle. Ces instants seraient une improbable rencontre, dans des vies qui n'auraient jamais dû se croiser. *Leur* rencontre…

Quelques secondes s'écoulèrent sans que Felipe prononce une seule parole.

Était-elle vraiment en train de supplier cet homme ? Il n'avait pas envie d'elle et elle se ridiculisait.

Elle se libéra de son étreinte, en proie à la plus grande confusion, et réussit à dire :

— Je crois que je ferais mieux de… retourner dans ma chambre.

Et elle quitta la pièce en coup de vent, le plantant là. Elle n'avait pas fait trois pas dehors qu'elle s'arrêta, bien incapable de retrouver son chemin…

# 10.

*Samedi, minuit et demi*

Felipe la guida dans le dédale de ce qui avait été autrefois une forteresse imprenable, un tombeau pour l'ennemi. Tout en marchant, il réfléchissait. Certes, il désirait Elsie comme un fou, mais il ne pouvait pas, ne devait pas céder à la force qui la poussait vers elle.

— C'est un raccourci ? Où m'emmènes-tu donc ?

Sa voix impatiente donna à Felipe envie de l'embrasser, d'effacer la peine qu'il avait infligée. Mais pas encore…

Il avait tenté de résister, lui avait demandé de lui dire non, mais ce baiser lui avait fait perdre la tête. Il avait failli la prendre contre le mur, sans autre forme de procès. Mais il devait s'assurer qu'elle le voulait autant que lui.

Elsie, trompée par son hésitation, avait cru qu'il reculait. Alors elle s'était rebellée et il avait été sidéré de la voir se battre. Pour lui ! Mais très vite, elle avait retourné les armes contre elle-même, s'était sentie indigne, non désirée. Il avait vu son regard se durcir, comme si elle se rappelait soudain qu'elle n'avait aucun droit d'exiger quoi que ce soit de lui.

Ce n'était pas cet abandon-là qu'il voulait d'elle. Elsie avait droit à tout ! Il voulait satisfaire ses moindres désirs…

— Non, ce n'est pas un raccourci…

— Alors où va-t-on ? Au cachot ?

Une délicieuse chaleur le traversa.

— Pourquoi ai-je l'impression que cela te plairait, Elsie ?

Parce que c'était vrai… Le désir faisait voler en éclats ses ultimes défenses. Elle brûlait qu'il la prenne, qu'il la domine, et lui se consumait de désir. Un désir qui les enchaînait l'un à l'autre, car lui aussi avait envie de se soumettre à elle…

— Je t'emmène dans ma chambre, reprit-il. Et cette fois, je ne m'arrêterai que si tu le demandes expressément.

Une vague de chaleur fit rosir les joues d'Elsie.

— Promis ? dit-elle d'une voix assourdie.

Oh oui ! Il ne voulait rien tant que la satisfaire.

— Promis.

Quelques secondes plus tard, Felipe pressa la main sur l'ouverture sécurisée d'une porte, révélant une suite bien cachée. Anticipant avec amusement sa réaction, il s'écarta pour laisser entrer Elsie, qui écarquilla les yeux.

— C'est ta chambre ? On croirait un décor médiéval !

— Cette pièce n'a pas changé depuis plusieurs siècles. Mais rassure-toi, les tissus des tentures et des rideaux ont été remplacés… à l'identique.

Elsie dévorait les lieux du regard, admirative. La pièce était aux couleurs de Silvabon, or, marine et noir. Le lit trônait au milieu, gigantesque. Deux candélabres d'argent massif l'encadraient, et leur lueur – innovation moderne car les chandelles avaient été depuis longtemps bannies – soulignait les sculptures de la tête de lit. Une tenture de velours bleu nuit frangée d'or protégeait la couche.

— Tu as toujours dormi ici ? murmura-t-elle, médusée.

— Non, mais quand grand-père est tombé malade, c'était plus simple que j'emménage ici pour veiller sur lui.

Elsie, élégante et si raffinée dans ce fourreau bleu qui rappelait les couleurs de Silvabon, était comme la perle de cet écrin qu'était la chambre tendue de velours.

— Et tes amantes, murmura-t-elle soudain intimidée. Les as-tu amenées ici ?

— Jamais.

L'aveu avait fusé, sincère. Cette pièce était… trop spéciale pour y faire entrer celles qui ne comptaient pas.

— Et pourquoi moi ?

Si seulement il le savait !

— Il n'y a pas de lieu plus sûr pour nous cette nuit. Ta chambre est dans une aile trop passante, on aurait pu nous y surprendre. C'est dans ton intérêt que je t'ai amenée ici.

— Tu t'inquiètes de mes intérêts ?

La vulnérabilité de son regard le toucha et il s'approcha d'elle.

— Je m'inquiète pour toi, tout simplement. Et je suis prêt à faire tout ce que tu me demanderas.

Pour lui, cela n'était pas facile à admettre, car il ne cédait à personne la moindre parcelle de son pouvoir. Mais pour Elsie, ce soir, il donnerait tout pour tout recevoir.

— Même si ce que je te demande est mal ?

— Je suis à toi, Elsie. À toi jusqu'à l'aube.

Il lui avait fallu rappeler les limites, peut-être pour se rassurer. Les yeux d'Elsie étincelèrent, plus mystérieux que jamais.

— Où emmènes-tu tes maîtresses alors ? Car tu en as, non ?

— Pas souvent. J'espère que cela ne t'inquiète pas…

Elle secoua la tête en rougissant.

— J'espère que je serai…

Il serra les dents. C'était d'elle et d'elle seule qu'il avait envie. Il écarta une mèche de cheveux de son visage et vit qu'elle tremblait.

— Il n'y a que toi, que nous, ce soir. Ne pense à rien d'autre.

Il fallait que cela se résume à un soir. Non qu'elle ne

soit pas digne de lui, mais il refusait de la voir endosser le rôle de maîtresse officielle, avec toutes les contraintes que cela impliquait. Les amants royaux n'étaient pas bien traités, même dans une époque supposée permissive. Elle serait son ultime liberté, car une fois le soleil levé… La parenthèse serait close. Et c'était tant mieux pour elle.

— Alors ne perdons pas de temps, murmura-t-elle, éperdue…

Elsie avait peine à croire qu'elle se trouvait dans ce décor médiéval, à la fois intime et imposant. Les rideaux du lit formaient une alcôve douillette et l'ensemble, avec les chandeliers d'argent et les armoiries sculptées, était très pompeux. Felipe s'en rendait-il seulement compte, habitué qu'il était à cette vie, ce palais hors du commun ? Mais elle oublia vite ces considérations, car Felipe avait pris son visage entre les mains et y déposait une pluie de petits baisers, sur ses paupières, ses pommettes, ses lèvres… Sa bouche s'aventura dans le creux de son cou, et il effleura le point où battait son pouls, réponse fiévreuse à ses caresses. Mais elle voulait plus, elle brûlait qu'il la prenne tout entière.

Elle ouvrit les lèvres et leurs langues se trouvèrent, alors que Felipe caressait ses reins et la pressait encore plus fort contre lui. Folle de désir, elle se retint pour ne pas crier.

— Elsie, dis-moi ce que tu veux…

Il posa la main en haut de ses cuisses, puis souleva sa robe et glissa un doigt au cœur de son intimité.

— Oh oui…

— Elsie, ton plaisir est là. Prends-le…

Elle n'aurait pas dû attendre cette permission et pourtant… Jamais elle n'avait autorisé quiconque à la toucher ainsi.

Jamais elle ne s'était montrée ainsi, exposée, vulnérable. Jamais un homme ne lui avait à ce point fait perdre l'esprit.

— Felipe…

Comme la vague la submergeait, elle s'y abandonna, dans un long soupir de volupté. Quand il glissa la langue entre ses lèvres, Elsie eut l'impression qu'elle allait défaillir. Mais il la serrait fermement contre lui, alors qu'elle frémissait d'un plaisir qui la laissa sur sa faim.

Il était aussi torturé qu'elle, le regard aussi flou, et elle sut qu'il ne se déroberait plus, désormais. Sous cette façade de maîtrise brûlait une flamme aussi vive que celle qui la consumait, et elle en eut le souffle coupé. Elle ferait ce qu'il voudrait et le sourire qui s'épanouit sur le visage de Felipe montrait qu'il en avait conscience. Doucement, il fit glisser la fermeture de sa robe et par pudeur, elle posa les mains sur le bustier du fourreau.

— Je veux te voir nue, Elsie, dit-il d'une voix rauque. Obéis-moi, tout comme je suis prêt à t'obéir.

Elsie avait du mal à obéir à ses ordres, même si elle en mourait d'envie et savait qu'il ne cherchait qu'à lui donner du plaisir.

— Déshabille-toi d'abord, murmura-t-elle.

Felipe darda son regard sur elle.

— Entièrement ?

Elle acquiesça, avalant avec peine sa salive alors qu'il reculait pour s'exécuter. Une vague d'excitation nouvelle parcourut Elsie. Le voir obéir à son injonction, et se révéler dans toute sa virile beauté…

Un vénéneux sourire dansait sur ses lèvres alors qu'il déboutonnait sa chemise, puis se débarrassait de son pantalon. Fascinée de le voir nu devant elle, puissant, fier, sans la moindre honte, elle ne put qu'admirer son corps parfait.

— Je crois que c'est à toi, maintenant…

Elle ôta sa robe. Elle tremblait, à présent, seulement vêtue d'un petit slip de soie bleu marine, les seins douloureusement dressés dans l'attente de ses mains. Elle n'en pouvait plus et il le sentit. Il la recueillit dans ses bras et enfouit son visage dans son cou avant de la porter jusqu'à l'immense couche. Excitée par le plaisir qu'il venait de lui donner, elle sentit un nouvel élan de désir, irrépressible, la pousser vers lui… Elle était prête à se donner à lui.

— Ton odeur me rend fou, souffla-t-il. Je veux te goûter, Elsie…

Il lui ôta son slip et la caressa doucement. Alors qu'elle gémissait, il s'agenouilla devant elle et posa sa bouche brûlante sur son sexe pour lui prodiguer la plus intime des caresses.

Vaincue, Elsie se cambra pour mieux s'offrir à lui, gémissant sous les assauts du plaisir. Comme elle l'implorait de la faire jouir, il souffla :

— Attends…

— Non. Viens…

Il s'éloigna un instant d'elle pour prendre un préservatif dans la table de nuit, puis la pénétra d'un puissant coup de reins.

— Tu es si douce, si chaude…

Le souffle coupé, elle sentit son corps tout entier faiblir. C'était si bon, de ne faire qu'un avec lui, enfin ! Jamais elle ne s'était sentie autant en harmonie avec un homme, et elle adora le sentiment de plénitude que cela lui procura. Mais bientôt, emportée par la passion, elle ne voulut plus qu'une seule chose : qu'il soit en elle, à elle, et que personne ne puisse l'arracher à elle, jamais.

— Elsie ? Tu es avec moi ?

Il s'était interrompu, tendu comme un arc au-dessus d'elle.

— Oui… Prends-moi !

Il lui saisit les poignets et les releva au-dessus de sa tête, avant de se mettre à bouger en elle, de plus en plus fort…

— Elsie…

Ses hanches soudées aux siennes, il perdit le contrôle, tandis qu'elle nouait les jambes autour de sa taille et oublia tout ce qui n'était pas lui, tout ce qui n'était pas eux…

Alors qu'elle le suppliait de mettre fin à son délicieux supplice, il relâcha ses poignets et tous deux, ivres de baisers et de caresses, jouirent dans un même cri.

# 11.

*Samedi, 2 h 27 du matin*

Elsie gardait les yeux clos. Elle ne voulait pas que cette nuit se termine. Elle ne voulait pas que Felipe la soulage de son poids. Ce n'était pas son corps sur elle qui lui coupait le souffle mais le plaisir intense qu'elle venait de vivre.

Comme elle frissonnait, elle sentit qu'il remontait la couverture sur leurs corps nus.

— Elsie ? demanda-t-il doucement.

Elle ne voulait pas ouvrir les yeux !

— Elsie, dit-il d'une voix moins assurée que d'habitude. Tu as saigné…

Elle avait lu que toutes les femmes ne saignaient pas la première fois, et avait espéré que cela serait le cas pour elle. Elle n'avait pas eu cette chance, hélas…

— Donc, c'était… ta première fois ?

Elsie était mortifiée. Elle aurait tant voulu éviter cette conversation !

— Cela n'a pas d'importance, tu sais…

*S'il te plaît, ne sois pas furieux contre moi. Ne gâche pas ce moment parfait !*

— Regarde-moi, dit-il, l'étreignant d'une main ferme.

Elle obéit, vit ses yeux lourds de tous les fardeaux qu'il portait, et elle y lut aussi le souci qu'il avait d'elle.

— Dis-moi l'importance que cela a vraiment pour toi, reprit-il.

— Ce qui compte, dit-elle avec la plus grande franchise, c'est que grâce à toi, j'ai vécu l'expérience la plus merveilleuse de ma vie. Et j'en chérirai le souvenir à jamais.

— J'aurais pu…

Elsie couvrit sa bouche de la main.

— C'était parfait. Je le voulais autant que toi. Ne t'en veux pas.

Il lui prit la main qu'il garda serrée dans la sienne.

— Je ne m'en veux pas, mais… je suis navré que tu ne m'aies pas assez fait confiance pour me le dire.

— Parce que je savais que tu prendrais soin de moi. Et j'ai eu raison. Mais te révéler des choses aussi intimes…

— Parce que ce qui vient de se passer entre nous n'était pas intime, peut-être ? Pourquoi m'as-tu fait ce cadeau, alors que je ne peux rien t'offrir en retour ?

— Avec toi, cela me paraissait juste.

— Mais… tu n'as jamais eu de petit ami ?

— Tu croyais que j'accumulais les conquêtes ? rétorqua-t-elle, souriant de sa surprise. Ce n'est pas mon genre.

Il la regarda longuement avant de répondre.

— Ne te crois-tu pas digne d'une vraie relation ? As-tu seulement des amis ? Sans doute pas, tu déménages si souvent que ce serait impossible. Tu ne veux pas t'installer où que ce soit… Pourquoi ? Tu peux tout me dire, tu sais.

Elle le savait mais secoua la tête.

— Je t'ai donné mon corps, Felipe, mais mes secrets m'appartiennent, et c'est très bien ainsi.

— Qui a abusé de ta confiance, Elsie ? Tu ne risques rien à me le dire, nous ne nous verrons plus une fois le soleil levé…

— Pourquoi te parlerais-je ?

Il serra encore plus fort sa main.

— Parce que porter seul un fardeau est difficile. Cela isole.

Elle reconnut la solitude dans la sincérité de sa voix. Oui, ils étaient esseulés, elle et lui.

— Peut-être que partager allégerait ton cœur, reprit-il.

Elsie sentit sa gorge se serrer d'émotion.

— Et toi, ça t'arrive de partager tes secrets ?

— Non, mais je peux essayer. Tu as toute ma confiance, dit-il en l'attirant contre lui.

— Même alors que tu n'as pas lu le rapport de tes services à mon sujet ? lança-t-elle, en proie à une tristesse qui l'étonna elle-même. Fais la recherche sur ton téléphone : il suffit d'entrer mon nom et tout s'étale en première page, comme si cela avait eu lieu hier. Ça ne disparaîtra jamais !

— Je ne vais sûrement pas t'obéir. Je préfère l'entendre de ta bouche.

Il lui caressa doucement les cheveux.

— Une petite révélation contre un baiser.

— Si tu me prends par les sentiments…

— Je suis prêt à tout, dit-il en l'embrassant dans le cou.

Elle le défia du regard.

— Alors d'accord…

Il lui offrit son plus beau sourire.

— Dis-moi… Pourquoi ne t'es-tu pas présentée au palais en exigeant de me voir le jour où tu as perdu ton emploi ? Je sais que tu te plaisais ici. Et que tu as de l'affection pour Amalia.

La honte qui ne la quittait jamais monta à ses joues.

— Il fallait que je parte… à cause de toi. Tu appartenais à une autre, admit-elle, un éclair de jalousie dans les yeux.

Cela lui ressemblait si peu ! Elle n'était pas jalouse, n'avait aucun droit de se montrer possessive à son égard. Et pourtant… C'était une émotion impérieuse, impossible à ignorer. Il l'avait traitée avec une telle douceur, cette nuit…

— Si j'étais restée, poursuivit-elle, je me serais mal conduite, j'aurais blessé ta fiancée et je me suis promis de ne jamais me comporter ainsi. Mais la tentation était si forte…

Felipe déclenchait en elle une pulsion irrationnelle et elle ne se souciait plus de devenir ce qu'elle détestait tant, de ressembler à son père, à son frère, eux qui se servaient sans scrupule et piétinaient les autres sans vergogne.

— Donc, tu es partie sans te retourner, pour ne pas devenir ma maîtresse alors que tu me croyais fiancé à une autre ?

— Je ne savais même pas si tu voulais de moi, admit-elle, mortifiée.

— Tu savais bien que oui ! répondit-il d'une voix rauque. Je te désirais mais à cause de ce malheureux engagement, je ne pouvais pas… Tu risquais trop gros. Les paparazzis, une vie si exposée que tu n'aurais jamais eu un instant de paix. Ce qui s'est passé pour ma mère, pour celle d'Amalia, je ne le voulais surtout pas pour toi. Mais ce qui se passe maintenant n'est pas mieux. Tu mérites tellement plus que ces quelques heures volées…

— Détrompe-toi. Je ne mérite rien.

— Pourquoi dire une chose pareille ? Ce qui s'est passé était donc si affreux ? Qu'y a-t-il sur cette vidéo ?

Il la fixait avec une telle anxiété qu'elle le rassura vite :

— Rien de grave… J'y joue de la mandoline pour ma mère, dit-elle simplement. J'ai appris le violon, mais j'ai trouvé un jour cette mandoline dans ses affaires. Elle avait appartenu à son arrière-grand-mère et j'ai appris à en jouer dans sa chambre, près d'elle, pendant les longues journées de sa maladie…

— Cela a dû être affreusement dur.

— Oui, reconnut-elle sincèrement, soulagée de voir qu'il comprenait. Ce cancer n'en finissait pas de la détruire.

Pour m'occuper d'elle, j'ai abandonné mes études, délaissé mes amis… Mais j'étais heureuse de le faire.

— Et ton père, ta famille, où étaient-ils ?

— Mon frère Caleb était à l'université. Mon père travaillait beaucoup. Il n'était presque jamais là. De plus, il trompait ma mère. Quand je l'ai appris, il m'a juré que c'était un instant d'égarement et j'ai pensé que la maladie de ma mère lui pesait tant qu'il avait eu besoin de chercher du réconfort auprès d'une femme. Mais j'ai su très vite que ce n'était pas la première fois. Ma mère n'avait rien dit, pour me protéger. Et puis sa maladie a empiré… Mon frère a alors lancé un site de financement participatif pour nous aider à payer les traitements. Et puis un jour, vers la fin…

Elle s'interrompit, fermant les yeux.

— Oui, l'encouragea Felipe en pressant sa main, continue…

— J'avais écrit cette chanson pour elle, c'était son cadeau. Je la lui ai jouée, mais je ne savais pas que mon frère était en train de l'enregistrer, il ne m'en avait rien dit. Puis il l'a mise sur le site, pour solliciter des donations. Cela a marché. L'argent s'est mis à affluer, rapidement, et en plus grande quantité que ce qu'il nous fallait, parce qu'à ce moment-là…

Sa mère était trop proche de la fin alors, et comme chaque fois qu'elle y repensait, un froid glacial s'empara d'elle.

— Elsie… Continue, veux-tu ? dit doucement Felipe, la réchauffant de ses bras serrés autour d'elle.

— Papa et Caleb disaient que l'argent récolté servirait à d'autres malades et je les ai crus. Caleb étudiait la comptabilité, il était capable de gérer cela. Et puis un jour, je l'ai vu arriver au volant d'une voiture de sport flambant neuve. Mon père arborait une montre de prix… Maman, elle, était décédée.

— Seigneur…, murmura Felipe, plein de compassion.

— J'ai fini par ouvrir les yeux et je suis allée voir la police. J'ai témoigné contre eux. Ils ont dû répondre d'escroquerie et se sont retrouvés en prison. Caleb est sorti, à présent. Pas mon père, car il avait aussi détourné des fonds de son entreprise. Il restera sous les verrous encore longtemps. Pendant des mois, je n'ai pas pu toucher un instrument de musique. Il n'y a qu'ici, à Silvabon…

Oui, au soleil, dans l'arrière-salle du café, alors qu'elle regardait la mer bleu saphir, quelque chose s'était débloqué, elle avait entendu à nouveau les fragments de la mélodie dans son esprit. Elle avait retrouvé sa musique… Puis Amalia était apparue, et Elsie avait eu besoin, pour elle, de se remettre vraiment à la mandoline.

— Mais je ne peux toujours pas jouer cette chanson, précisa-t-elle à mi-voix.

On lui avait arraché le précieux moment partagé avec sa mère pour soutirer de l'argent à ceux que la chanson avait émus. Le chant, composé pour sa mère seule, avait été mis sur la place publique et les compliments sincères du début s'étaient mués en mépris lorsque l'escroquerie avait éclaté au grand jour. On avait taxé sa composition de mièvre, on l'avait accusé de jouer avec les sentiments des gens pour mieux profiter d'eux. Mais rien de cela n'était destiné au grand public, seulement à sa mère…

— Je ne savais pas que mon frère nous enregistrait, ni qu'il allait exploiter ce moment d'intimité sans aucun scrupule.

— C'était une violation de ta confiance, Elsie, commenta Felipe d'une voix nouée par l'émotion. Une vraie trahison.

Et quand elle y pensait, la honte s'emparait d'elle.

— S'il te plaît, ne regarde pas la vidéo, supplia-t-elle.

— Je ne le ferai pas, je te le promets.

Elle posa sur lui un regard plein de gratitude. La vidéo

avait dressé contre elle des gens qu'elle croyait ses amis, qui étaient censés la soutenir. Elle se méfiait de tout le monde, à présent.

— J'ai eu beau témoigner contre ma propre famille, personne n'a cru que j'ignorais l'escroquerie. Mon père est devenu furieux en apprenant que je l'avais dénoncé. Il s'en est pris à ma mandoline, il a voulu la briser et c'est pour cela que l'étui est aussi abîmé. Je ne reconnaissais plus mon père, l'argent dont il avait toujours manqué lui était monté à la tête…

Et il avait voulu détruire le seul héritage de sa mère.

— Parfois, reprit-elle, j'ai songé qu'il aurait mieux valu me taire puisque personne ne me croyait honnête… Les membres d'une même famille ne sont pas censés se dénoncer.

— Il faut du courage pour faire ce qui est juste. Le monde a besoin d'exemples comme le tien, Elsie. Tu as bien agi.

— Mais à présent, je suis seule, sans famille, sans amis.

— Tu mérites le meilleur, dit-il d'une voix rauque. Tu dois te pardonner, car tu n'as rien fait de mal. Tu vas trouver la sécurité à laquelle tu as droit. Une maison, une vraie famille… Tout ce à quoi tu aspires.

Mais pas avec lui… Donc, ce rêve ne se réaliserait jamais. Elsie s'était trop révélée et devait maintenant échapper à l'emprise de Felipe. Bien sûr, elle appréciait son empathie, mais elle ne pouvait pas tout lui livrer d'elle, sous peine de s'attacher à lui sans espoir.

— Ne parlons pas de moi mais de toi : toi aussi, tu devrais avoir le droit de réaliser tes aspirations.

— Je suis dans une position très particulière, Elsie. Comme dernier roi de Silvabon, j'ai de lourdes obligations.

— Dernier roi ? Tu pourrais avoir des héritiers.

— Je n'y tiens pas.

Elsie le dévisagea, étonnée de voir qu'il était sérieux.

— Donc, quand tu disparaîtras…

— La monarchie va disparaître avec moi. Nous deviendrons une république.

— Mais Silvabon aime son roi ! objecta Elsie. Et ne risques-tu pas de voir un cousin reprendre la couronne ?

— Pas si la couronne a elle-même renoncé à tous les pouvoirs dont elle jouit actuellement. Non, je ne désignerai aucun successeur, déclara fermement Felipe.

— Parce que ce serait un cadeau empoisonné ? Mais pourtant, tu es populaire… Et tu aimes tant ce pays !

Elle savait les efforts démesurés qu'il faisait pour son peuple. Comment comprendre son projet, alors ?

— Je ne veux que le meilleur pour Silvabon et je ferai tout pour qu'il puisse en récolter les fruits. Tu n'approuves pas ma position ? demanda-t-il, voyant ses sourcils se froncer.

— Non, déclara Elsie, quittant l'abri protecteur de ses bras. Tu es si arrogant que tu n'imagines même pas qu'on puisse t'aider à porter le fardeau de ta couronne.

— J'ai trop de pouvoir pour être en mesure de déléguer sans danger.

— Oh ! je vois… Tu es déterminé à rester un martyr solitaire jusqu'au bout. Très bien… Puisque tu es bloqué ici, autant en profiter tant qu'on le peut encore, non ?

Révoltée contre l'absurdité d'un destin qui les éloignerait toujours, elle ne voulait plus perdre aucune des précieuses minutes qu'il leur restait.

— Que veux-tu dire ?

— Que j'en ai assez de parler.

— Alors reviens dans mes bras, murmura-t-il, presque choqué de la réaction immédiate de son corps à ses paroles.

Elsie restait lucide, elle savait qu'il n'y aurait pas de conte de fées pour elle, Felipe le voyait à son regard.

Il allait donc lui offrir la seule chose qu'il pouvait lui donner…

Cette fois, ce fut elle qui prit l'initiative, qui chercha les endroits les plus sensibles de son corps. Il avait aimé la voir soumise à son désir, mais il aimait tout autant la voir prendre l'initiative, et obtenir de lui ce qu'elle voulait. Elle était la femme la plus sexy du monde, à ses yeux. Elle n'agissait pas seulement pour l'exciter mais aussi pour satisfaire sa propre curiosité, et trouver ce qui le ferait céder, basculer dans le plaisir. C'était un cadeau qu'elle lui faisait, et qui l'honorait. Pour lui rendre la pareille, il tendit la main vers elle, mais elle ne le laissa pas faire et bascula sur lui…

Felipe était le plus beau des hommes et cette nuit, il était à elle, rien qu'à elle. Elle pouvait laisser libre cours à son imagination, réaliser ses fantasmes érotiques les plus fous.

Elle le chevaucha, mais ne le prit pas en elle, se contentant de caresser doucement son sexe durci.

— Elsie, que fais-tu ?

— Je joue un peu. Tu n'aimes pas ?

— J'adore…, murmura-t-il en renversant la tête en arrière, abandonné.

Elle sourit, grisée par la puissance qu'elle sentait monter en elle, par le plaisir du jeu érotique auquel il réagissait si bien. Elle continua, et lui offrit sa bouche.

Il gémit, et elle adora l'entendre murmurer son nom encore et encore. Il était l'instrument parfait et elle aimait par-dessus tout en jouer.

— Viens, Elsie… Maintenant !

C'était un ordre, ou plutôt, une supplique. Elle descendit doucement sur lui, fascinée de voir son regard chavirer quand il la pénétra enfin. L'extase qu'elle lisait sur ses traits la rendit plus audacieuse encore et elle commença à aller et venir, doucement, puis de plus en plus vite, et enfin presque sauvagement, jusqu'à ce qu'elle jouisse entre ses bras, tandis qu'il criait son plaisir.

Beaucoup plus tard, quand le sommeil la prit, Felipe la tenait toujours serrée contre lui.

# 12.

*Samedi, 4 h 30 du matin*

Felipe s'éveilla, alangui.

— Bon sang, je me suis endormi !

Il ne voulait pas voir son valet arriver pour le préparer. Il ne voulait pas qu'Elsie s'en aille. Il n'était pas prêt !

Elle leva un visage encore ensommeillé, niché au creux de son épaule.

— Tu en avais besoin. Une grande journée t'attend…

Il ne voulait pas y penser. Mais la réalité les rattrapait.

— Jamais je ne toucherai à rien dans cette pièce, murmura-t-il, je la veux telle qu'elle est aujourd'hui avec toi.

— Ce ne sera donc pas ici que tu engendreras tes héritiers ?

— Il n'y aura ni épouse ni héritiers, tu ne l'as pas compris ? Lorsque je disparaîtrai, ce palais deviendra un musée.

Elsie secoua la tête.

— Il devrait résonner de rires d'enfants !

Finalement, si, songea Felipe, elle croyait bel et bien aux contes de fées…

— Non, le sacrifice est trop grand pour que je transmette cette charge à quiconque.

— Et ta décision de vivre seul, ne te coûte-t-elle rien ?

— Si, mais je suis le seul en cause. Et j'en ai l'habitude.

— Tes enfants aussi en prendraient l'habitude…

— Non, dit-il en se raidissant, je ne peux pas leur imposer de naître avec un tel fardeau. C'est injuste.

— Pourtant, c'est ce qui t'est arrivé, et tu m'as dit toi-même que tu aimais vivre pour ton pays. Pourquoi n'en irait-il pas de même pour eux ?

— Le risque est trop grand qu'ils soient malheureux.

— Si tu déléguais certaines de tes tâches pour que, lorsque leur tour viendra, ils soient plus libres et puissent se consacrer à une passion autre que le royaume ? proposa Elsie. Ce serait peut-être la solution, non ?

— Ce n'est pas si simple.

— Rien de grand ne l'est jamais. Mais est-ce que ça ne vaudrait pas la peine d'essayer ? D'équilibrer un peu les choses, pour qu'une belle famille puisse s'épanouir entre les murs de ce palais ? Ne serait-ce pas merveilleux ?

Équilibrer les choses ? Ce n'était pas dans sa nature, et puis le protocole corsetait tout. On ne pouvait pas demander aux gens d'abandonner du jour au lendemain tout ce qui avait guidé leurs existences…

— Dans la vraie vie, rien n'est aussi simple, soupira-t-il, pressé de mettre fin au fantasme avec lequel elle le tentait. Allons, il faut nous dépêcher à présent.

Elsie sourit.

— Je ne sais pas si tu t'en rends compte, mais je ne peux aller nulle part : je suis toute nue…

— Je m'en rends très bien compte et ça me plaît beaucoup !

C'était au tour de Felipe de sourire.

— Si nous devons sortir de cette chambre, tu ferais mieux de me trouver quelque chose. Je dois rendre la robe et de toute façon, elle n'est plus appropriée aux petites heures du matin !

Felipe pénétra dans sa garde-robe et en ressortit l'instant d'après avec un T-shirt et un short qu'il lui tendit.

Elle enfila les vêtements. Le T-shirt soulignait ses courbes généreuses.

— Avec toi, le moindre vêtement devient somptueux, dit-il.

Elle rougit.

— Arrête de me flatter !

La seule chose qu'il aurait voulu arrêter, c'était le temps, or cela était impossible…

Il la guida dans des corridors obscurs. À cet endroit, il n'y avait plus aucun décor luxueux, seulement des murs de pierre nus. Felipe s'arrêta devant une lourde porte de chêne.

— Qu'y a-t-il derrière cette porte ?

— Mon secret. Nous avons conclu un pacte, non ?

Il poussa le battant et Elsie en eut le souffle coupé. La porte s'ouvrait sur une corniche et en dessous, la falaise tombait dans les flots qui scintillaient plusieurs mètres en contrebas.

— Ne me dis pas que tu plonges… à partir d'ici ? s'étonna Elsie.

— Bien sûr que si !

— Mais il y a des rochers sous la surface de l'eau !

— Non, pas à cet endroit. Crois-moi, cela paraît plus impressionnant que ça ne l'est vraiment. Tu sautes avec moi ?

Elle n'aurait jamais sauté seule, trop effrayée par la hauteur, mais c'était leur nuit. Pour quelques courts moments encore… Le jour se levait à peine et l'aventure n'était pas tout à fait terminée.

— Tiens-moi la main, je sais ce que je fais, reprit-il.

Elle lui prit la main, la serra fort et ferma les yeux.

L'eau la saisit, si fraîche qu'elle sentit son corps se tendre.

— Je n'aurais jamais cru que ce soit aussi froid ! lança-t-elle en refaisant surface, reprenant à grand-peine son souffle.

Felipe éclata de rire.

— Il y a de la profondeur ici, c'est pour cela que l'eau est froide, expliqua-t-il en la rejoignant d'une brasse puissante. Suis-moi.

Ils nagèrent jusqu'à une grotte creusée dans le rocher.

— Bienvenue dans ma caverne de pirates ! dit-il en souriant. Mes ancêtres utilisaient ce lieu pour installer leur trafic de marchandises… Enfin, c'est la légende qui le dit ! Elle dit aussi qu'il y avait des chambres de torture dans les oubliettes. C'est faux, mais cela décourage les agresseurs potentiels… Pour moi, ce lieu est devenu un refuge.

Il se dirigea vers une anfractuosité du rocher, appuya sur une saillie et à la grande surprise d'Elsie, une porte s'ouvrit, découvrant une petite alcôve dont il sortit d'épais peignoirs de bain. L'instant d'après, il avait déshabillé Elsie et la séchait vigoureusement.

— Alors, que penses-tu de mon secret ? Ça valait la peine de plonger, non ?

— Je n'en reviens pas ! C'est magique…

— L'avantage, ici, c'est que personne ne peut t'entendre crier…

Il prit sa bouche avec fougue, et le temps s'arrêta. Elsie aurait voulu que ce baiser se prolonge à jamais. Mais le temps n'allait pas tarder à les rattraper…

— Merci d'avoir partagé ton secret avec moi, souffla-t-elle.

Elle était si belle, abandonnée dans ses bras… Felipe aurait voulu la cacher là, dans son refuge, et qu'elle y reste toujours. Mais il ne pouvait pas plus arrêter le temps que les vagues qui léchaient la roche. Son visage se fit soucieux.

— Tu redoutes le couronnement ? demanda Elsie en caressant sa joue.

— Non, je suis habitué aux cérémonies.

— Tu n'as jamais eu envie de t'enfuir d'ici ?

— Fuir, c'est ce que mon père a fait quand il a abdiqué pour rejoindre la mère d'Amalia. Silvabon en a trop souffert. Voilà pourquoi mon chef de la sécurité est devenu paranoïaque : il n'a rien vu venir et il se sent encore coupable… Mais mon père serait parti de toute façon, car il n'était pas heureux avec ma mère. Je le savais. Pourtant, j'ai été surpris qu'il rejoigne une autre femme. La mère d'Amalia travaillait comme chanteuse dans un club de jazz. Elle était mère célibataire : la presse l'a traînée plus bas que terre, ignorant son talent, et méprisant tout autant ma mère qui, disait-on, n'avait pas su satisfaire son mari… Je ne veux cela ni pour Amalia ni pour personne.

— Et le père d'Amalia ?

— Il avait disparu depuis longtemps…

— Donc Amalia sait ce que c'est que d'être abandonnée ?

— Hélas, oui ! Nous avons beaucoup en commun.

— Et ta mère ?

— L'affaire l'a brisée. Elle s'est retirée sur l'une de nos petites îles. J'aurais pu l'y suivre, mais Javier a décidé que je devais rester pour présenter le visage de l'avenir à notre peuple.

— Tu as donc été séparé de tes deux parents ?

— J'aurais sans doute été une consolation pour ma mère, mais l'inverse n'aurait pas été vrai : elle n'avait plus d'amour à donner… J'étais assez âgé pour supporter ça.

— Elle ne sera donc pas là pour ton couronnement ?

— Non, elle ne supporterait pas l'attention de la presse. Nous gardons le contact, et je lui rends visite à l'occasion.

Quant à mon père, il a refait sa vie au Canada. Je ne l'ai pas revu mais je crois qu'il y a été heureux. Et je veux aussi m'occuper d'Amalia pour lui.

— C'est toujours toi qui prends soin de tout le monde…

— Pour son propre bien, je ne donnerai aucun titre à Amalia. Je veux qu'elle décide de la personne qu'elle voudra être, sans contrainte. C'est pour cela qu'elle doit partir.

— Mais tu lui apprendras à plonger, tu l'as promis. Tu sais, elle a aussi besoin d'une famille. Comme tout le monde…

— La famille n'est pas toujours une panacée, tu le sais bien.

— Mais toi, tu es là pour elle. Le mariage de tes parents était arrangé, j'imagine. C'est pour cela qu'il n'a pas duré.

— Au départ, c'était une histoire d'amour, mais elle a tourné court. C'était pour cela que mon grand-père voulait me voir épouser Sofia. Pour lui, un mariage arrangé avait de meilleures chances de durer qu'une simple romance. Mais j'ai vite compris que cela serait injuste pour Sofia. Elle ne méritait pas cela.

— Le roi Javier ne semblait pas attacher beaucoup d'importance aux sentiments…

— Il s'en méfiait. Mais il était dévoué à son pays. Il n'a jamais été tendre, mais sa maladie l'a rendu encore plus acariâtre. J'ai fait au mieux pour lui suppléer et m'occuper de lui. C'était difficile, à la fin.

— Tu lui étais très attaché…

— Oui, et j'étais le seul à pouvoir veiller sur lui.

— Quel âge avais-tu ?

— Vingt ans à peine.

— C'est bien jeune pour être ligoté par le devoir…

— J'étais assez fort pour protéger mon grand-père et mener le pays.

— Mais on t'a laissé seul face à la tâche, Felipe. C'est

pour cela que tu es devenu… ce que tu es : dur, inflexible. Tu aurais dû avoir ta liberté de choix, réaliser tes rêves…

Il tenta de sourire pour alléger l'atmosphère, car tout devenait trop intense. Des rêves, lui ?

— Ne me plains pas, Elsie, tu sais que je pourrais abuser de ta compassion…

— Et me demander l'impossible ? Fais-le, Felipe, murmura-t-elle en se serrant contre lui. Car je ferais tout pour toi.

Il se figea, saisi par un désir fou.

— Non, Elsie…

Il ne voulait pas parler de cette voix cassée, ni montrer combien les paroles d'Elsie le touchaient. Comment pouvait-il accepter tant de générosité ? Ne savait-elle pas qu'il exigerait tout d'elle s'il le pouvait ? Tout !

— Tu n'as pas besoin de me protéger, reprit-elle. Tu n'as pas besoin d'être fort avec moi ni d'être roi. Sois toi-même, cela me suffit.

Parler ne servait à rien. Car au-delà de ce qu'ils vivaient ici et maintenant, rien n'était envisageable. Alors il fallait profiter du peu de temps qu'il leur restait. Felipe l'embrassa, cherchant l'oubli dans le plaisir. Hélas, Elsie lui faisait miroiter un avenir qui ne pouvait pas exister pour lui. Car au palais, l'homme et le roi ne faisaient qu'un. Mais ici, dans la grotte, bercés par les flots, ils pouvaient être ensemble. Jamais il ne reviendrait ici sans se rappeler la douceur soyeuse de sa peau, l'odeur de ses cheveux. Il pourrait revivre à jamais la dernière fois qu'ils auraient fait l'amour. Ressentir l'émotion qu'il lisait en cet instant dans ses yeux.

— Je sais que je le peux. Ici. Maintenant. Et pour le reste, Elsie, ne pense plus à rien. Oublie jusqu'à tes sentiments pour moi.

— Comment pourrais-je ne plus rien ressentir pour toi ? interrogea Elsie.

Ne plus penser à rien, alors que son cœur se brisait à l'idée de le serrer contre elle pour la dernière fois ?

Bien sûr, leur étreinte n'était aussi intense que parce que c'était la dernière, songea-t-elle en s'abandonnant à ses caresses avides. Elle savait qu'il y avait plus entre eux que cet affolement des sens, mais hélas, il venait de lui interdire de le partager avec lui…

Felipe se releva et lui tendit la main, l'aidant à se rhabiller. La gorge serrée, Elsie ajusta son peignoir et murmura :

— Il faut que tu me fasses raccompagner à ma chambre.

— Bien sûr, mais tu ne pourras pas quitter le palais immédiatement, toutes les équipes de télévision sont déjà en place. Ortiz te conduira à l'aéroport en toute discrétion, dès que possible.

— Et… comment allons-nous remonter ?

— Il y a un escalier creusé dans la roche, dit-il en la menant vers le fond de la grotte.

Il la précéda sur les marches inégales. En haut de l'escalier s'ouvrait un corridor.

— Ta chambre est derrière la seconde porte. Moi, je vais rester ici encore un moment.

Ni baiser d'adieu, ni même un au revoir. Il restait à distance, dardant sur elle un regard résolu.

S'il l'avait demandé, elle serait restée. Pour lui. Cachée dans l'un des lieux secrets de ce palais qui en abritait tant.

Mais il n'avait rien demandé. Et elle était bien incapable d'articuler le moindre mot. Elle suivit donc ses instructions et gagna la porte indiquée. Une fois de l'autre côté, le battant refermé derrière elle, elle réalisa ce qu'elle venait de faire.

Elle l'avait abandonné. Comme tous les autres.

# 13.

*Samedi, 09 h 45*

Le cœur lourd, Elsie faisait les cent pas dans sa suite dont le balcon surplombait la mer étincelante. Aucune échappatoire n'était possible. En remontant de la grotte, elle avait retrouvé ses maigres possessions et sa mandoline, déposées dans sa chambre par un valet. Elle s'était alors douchée et habillée, puis un majordome avait apporté un petit déjeuner qu'elle n'avait pas touché. Une note de la sécurité l'accompagnait, indiquant l'heure de son départ pour l'aéroport.

Soudain, quelqu'un toqua à la porte.

— Elsie ? Murmura une petite voix. C'est Amalia.

Elsie rassembla son courage et alla ouvrir.

— Tu es toute pâle, observa Amalia en entrant avec Callie, son assistante, à ses côtés.

— Je ne suis pas encore habituée aux longues soirées du palais ! Plaisanta Elsie.

— Pour vous, mademoiselle Wynter, annonça Callie en posant un paquet sur la table avant de les quitter.

— Cela vient de toi ? Demanda Elsie à Amalia.

— Non. De Felipe, peut-être ?

Le cœur d'Elsie se serra à la vue de ce paquet. Elle ne voulait pas de cadeau, pas de récompense pour ce qui avait eu lieu entre eux.

— Tu ne veux pas l'ouvrir ? Demanda Amalia, intriguée.

Elsie soupira mais ne put résister. Une fois déchiré, l'emballage révéla un étui à mandoline en velours bleu sombre, frappé des armes noir et or de Silvabon.

Elsie, sans voix, refoula ses larmes. L'étui était sublime, fabriqué à la main. Comment avait-il pu l'obtenir *aussi vite* ?

— Elsie, c'est magnifique ! S'émerveilla Amalia.

Elsie y plaça délicatement sa mandoline, essayant de se retenir de pleurer.

— Je dois aller à l'aéroport avant que la foule bloque les rues, annonça-t-elle à mi-voix. Il est temps que je parte…

— Tu ne restes pas pour le couronnement ?

Amalia était visiblement déçue.

— Je dois partir, Amalia. Je te contacterai bientôt, c'est promis.

— La cérémonie sera d'un ennui, sans toi !

— Tu es sa seule famille présente. Felipe compte sur toi.

— Je n'appartiens pas vraiment à sa famille. Felipe veut que je parte, de toute façon.

— Il veut le meilleur pour toi.

— Peut-être, mais moi, je veux rester ici.

— Lui as-tu fait connaître tes sentiments sur le sujet ?

— Il est trop borné. Il a déjà tranché.

— Essaye quand même, suggéra Elsie.

Au moins, Amalia se sentirait mieux d'avoir tout tenté.

Quelqu'un frappa à la porte.

— Mademoiselle Amalia, c'est l'heure, dit la voix de Callie.

— Il faut que j'aille me préparer, soupira Amalia.

— Je suis heureuse d'avoir pu te dire au revoir, cette fois.

Comme Amalia se dirigeait vers la porte, une impulsion poussa Elsie à s'élancer vers elle pour la prendre dans ses bras. Elle la sentit se tendre puis enfin, elle lui rendit son étreinte.

— Bon voyage, Elsie, murmura Amalia. Ne m'oublie pas…

— Il n'en est pas question.

Elsie le pensait vraiment : elle ne laisserait plus tomber Amalia. Même si elle devait souffrir en entendant parler de Felipe. Amalia comptait trop pour elle.

À nouveau seule, elle caressa l'étui à mandoline. Ce cadeau était si délicat… Un maelström d'émotions l'envahit. Un jour pouvait-il changer une vie ? La changer, elle ? Un moment, en tout cas, pouvait tout faire basculer.

Devait-elle y croire ? Croire à son propre instinct ? Avoir confiance en ce qu'elle ressentait ? Elle se le devait, et le devait aussi à Felipe. Elle devait faire le bon choix.

Oui ! Elle allait révéler la vérité de son amour, sans rien cacher. Au moins, il saurait et elle serait soulagée. Garder ses secrets, demeurer silencieuse par peur du rejet ? C'était hors de question, même si la séparation semblait inévitable.

Elle n'avait plus rien à perdre et voulait lui offrir cette vérité. Elle voulait qu'il se sache aimé d'elle.

Mais comment faire ? Elsie était coincée ici. Leur temps ensemble était révolu, et elle ne pouvait entrer par effraction dans ses appartements privés.

# 14.

*Samedi, 11 heures du matin*

Il restait moins d'une heure avant le début du sacre et Felipe ne savait comment reprendre pied dans la réalité.

*Ne pense pas à Elsie.*

Il s'était douché, rasé, habillé tel un automate.

*Ne rêve pas d'Elsie.*

Il devait se concentrer, pour son pays.

*Ne te torture pas pour Elsie.*

— Sire…

— J'ai dit que je voulais être seul ! coupa Felipe en foudroyant du regard celui qui arrivait sans s'annoncer.

Mais Garcia était livide.

— Qu'y a-t-il ?

Il saisit la tablette que tendait le major. En deux secondes, il aperçut le gros titre.

*Une famille d'escrocs s'infiltre au palais*

— Quelqu'un l'a repérée hier, expliqua Garcia.

L'article braquait les projecteurs sur Elsie et sur Amalia par qui « l'intrigante » avait été introduite au palais. La menace d'un scandale planait sur son couronnement, et son grand-père devait se retourner dans sa tombe…

Mais son grand-père était mort, et Elsie bien vivante, elle ! Tous ses secrets révélés allaient l'anéantir !

C'était sa faute. En cédant à ses impulsions, il avait échoué à protéger Amalia, tout comme Elsie. Comment éviter que cette vilaine rumeur se propage ?

La rage s'empara de lui. Il n'aurait jamais dû toucher Elsie. L'inviter dans ses appartements privés. Elle n'aurait jamais dû payer le prix du désir qu'elle lui inspirait.

— Cet article n'a pas encore été publié, annonça Garcia. Le rédacteur en chef attend votre commentaire exclusif avant de diffuser la nouvelle.

Le protocole exigeait de ne jamais commenter les articles des médias – rester « au-dessus » de la mêlée demeurait la règle d'or pour le souverain qu'il était. Comme lorsque son père s'était enfui.

*N'explique rien. Refoule toute émotion. La curiosité se tarira et nous continuerons.*

Malgré ce que pensait Javier, les ragots ne s'étaient pas calmés, attisés sans relâche jusqu'à l'annonce de l'investiture de Felipe. Seul, à dix-sept ans, il avait dû franchir le seuil de la cathédrale devant le pays tout entier, afin d'étouffer le scandale…

En fin de compte, tout allait bien, non ? Il avait la protection des murs du palais pour s'isoler et la mer où plonger… Mais son père, lui, avait refait sa vie au Canada, loin des drames et de la presse de Silvabon. Sa mère avait elle aussi opté pour une existence paisible sur une île éloignée. Les rumeurs, elles, ne mourraient jamais.

Amalia serait protégée s'il l'envoyait dans une école privée. Mais Felipe refusait de sacrifier Elsie. Si elle quittait le pays immédiatement, il y avait une chance pour qu'on perde sa trace. Pas question qu'Elsie attende son vol régulier, ils devaient avancer son départ. Voyager avec les autres passagers ? Dès que l'histoire serait diffusée, ils la dévisageraient, la harcèleraient peut-être. Être jugée était le pire cauchemar d'Elsie. Sa vie serait à nouveau détruite, et cette fois à cause de lui. Il devait gagner du temps et trouver un subterfuge.

— Dites-leur que s'ils publient cet article, je les poursuivrai ! lança-t-il à l'adresse du major.

— Pardon ? s'étonna Garcia, les yeux écarquillés.

— Menacez-les, s'il le faut, mais rien ne doit sortir avant le départ d'Elsie.

Il vit défiler le premier paragraphe de l'article. Il y avait une vidéo attachée, qui se lança automatiquement.

*Ne regarde pas.*

Felipe ne put pourtant s'en empêcher, malgré la culpabilité qui l'envahissait.

*Elle t'a imploré de ne pas regarder.*

Ses yeux brûlaient, son cœur battait à tout rompre, mais il ne pouvait pas résister… Elsie avait le même visage, plus jeune, plus triste. Sa voix rauque lui brisa le cœur, ainsi que le regard désespéré qu'elle posait sur sa mère.

Il ferma les yeux, mais l'image s'était gravée dans son cerveau. Ces images n'auraient jamais dû être diffusées.

Il savait qu'Elsie avait de la force, à présent, mais une âme douce et vulnérable couvait toujours sous la surface. Elle n'était pas indifférente, malgré l'armure de détermination qu'elle affichait. Une armure trop facile à percer. C'est pourquoi elle ne restait jamais très longtemps au même endroit.

Elle avait été filmée en cachette, par quelqu'un en qui elle avait confiance et qui avait trahi son intimité. Le pire, c'était qu'après cela, tout l'entourage d'Elsie, y compris sa famille, lui avait tourné le dos, la condamnant à la solitude. À la lecture des commentaires injurieux postés en ligne, Felipe comprit qu'on dénigrait sa musique, sa voix, son existence même.

La colère le prit soudain. Il n'allait pas laisser le drame se reproduire ! Il connaissait les ravages de l'exposition au public, de la perte d'intimité. Pour la presse à scandale, tout était prétexte à faire de l'argent, y compris la maladie et la mort. Il connaissait bien l'horrible sensation de voir sa vie étalée au grand jour… C'est pour se protéger qu'il s'était toujours bien gardé de divulguer ses sentiments.

Mais cette vidéo était pire que tout. Le moment fusionnel entre une mère mourante et sa fille n'aurait jamais dû être vu par quiconque. Et encore moins volé, utilisé, bafoué !

Après ce qu'Elsie avait déjà subi, il était hors de question de la jeter en pâture à la presse. Elle deviendrait un sujet inépuisable de ragots, tous ceux qui la croiseraient chercheraient à vendre l'histoire de leur rencontre et sa vie serait gâchée, irrémédiablement.

Il fallait des nerfs d'acier pour supporter cela, ce qu'elle n'avait pas. Chaque fois qu'elle craignait que son secret ne soit découvert, elle fuyait, rompait les amarres. Et pour éviter que sa vie ne soit une perpétuelle dérive, Felipe devait agir. Il fallait qu'il l'éloigne pour garantir sa liberté. Il devait la retrouver et s'assurer qu'elle comprenait l'urgence de la situation. L'aider à fuir.

Il planta là Garcia.

— Je reviens.

— Mais, Sire…

Felipe regarda fébrilement sa montre. Était-elle déjà partie ?

# 15.

*Samedi, 11 h 15 du matin*

Felipe se précipita dans la chambre d'Elsie, manquant bousculer les gardes du corps postés à l'entrée. Il avait ouvert sans frapper et claqua la porte derrière lui. Elle était là, et il en éprouva un soulagement tel qu'il se laissa tomber dans le premier fauteuil venu.

Elsie étouffa un cri de surprise. Elle portait la même robe bleu et blanc qu'au café, des mois plus tôt, avec ce col tout simple qui soulignait son cou gracile mais aussi terriblement sexy… Ses cheveux étaient rassemblés en un chignon désordonné sur le dessus de sa tête.

Elle planta son regard clair dans le sien.

— Tu ne devrais pas être ici. On pourrait t'y voir… Et moi, je dois bientôt rejoindre l'aéroport pour l'embarquement.

Elle laissa son regard dériver sur lui, telle une caresse. Il avait l'impression de sentir ses mains sur son corps. Il s'avança, incapable de rester à distance. Il avait tant besoin de la serrer contre lui !

Mais elle s'écarta, désignant l'étui à mandoline.

— Tu l'as fait confectionner spécialement pour moi ? dit-elle d'une voix douce, esquissant un sourire timide.

Le cœur de Felipe s'emballa quand elle reprit, les yeux embués d'émotion :

— Tu l'as fait faire pour moi, pour que je ne sois plus

obligée de réparer l'ancien… Comment as-tu pu faire si vite ?

— Cela fait un moment que je l'ai commandé. Le soir où tu es venue au palais, avoua-t-il d'une voix faible.

— Juste après que tu m'as ordonné de quitter le palais ?

— Je ne voulais pas que tu partes pour de bon. Ni que ta précieuse mandoline risque de s'abîmer dans un étui en mauvais état. Est-ce que tu peux accepter ce cadeau ? Contrairement au collier de diamants…

— C'est le plus beau cadeau qu'on m'ait offert depuis longtemps. Mais tu devrais partir, maintenant…

Quand elle posa la main sur sa joue, le sang de Felipe se mit à bouillir dans ses veines. Il était incapable de bouger.

— Je sais ce que je devrais faire, mais je n'en ai pas envie.

Elle le fixa et il eut l'impression qu'elle sondait son âme.

— Que viens-tu faire ici, alors ? dit-elle d'une voix ferme.

Un silence lui répondit. Dans son superbe uniforme, Felipe était… puissant, intense, viril, et elle sentit un désir soudain s'emparer d'elle.

Elle le défia.

— Que puis-je faire pour vous, Majesté ?

En un bond, il fut près d'elle, et la prit par la taille en un geste possessif. Elle ne résista pas, et se sentit fondre quand il glissa la main sous sa robe et commença à la caresser, pris d'un désir aussi dévorant que le sien.

Il ne leur fallut qu'une seconde pour s'arracher leurs vêtements.

— Prends-moi, Felipe…

Il la poussa doucement contre la table et la pénétra, tandis qu'elle nouait ses jambes autour de sa taille.

Leur étreinte fut fiévreuse, explosive… Il lui fit l'amour comme s'il n'y avait pas de lendemain, allant et venant en elle avec une fougue décuplée par le désespoir. Très vite, ils basculèrent dans la jouissance la plus primitive, et, dans un même cri, atteignirent ensemble les cimes du plaisir.

Quand ils eurent repris leur souffle, il murmura, la bouche dans son cou :

— Elsie, je ne sais pas ce qui m'a pris, je… me suis emporté. Je suis navré.

Il était visiblement aux prises avec la plus grande confusion. Cela ne lui ressemblait pas de perdre ainsi la tête au risque de compromettre son avenir et le sien, pensa Elsie.

Pourtant, elle ne songeait qu'à prolonger les instants magiques qu'elle venait de vivre entre ses bras, et brûlait de se perdre en lui encore et encore…

Stupéfaite, elle le vit s'éloigner d'elle et remettre son uniforme à la hâte.

# 16.

*Samedi, 11 h 30 du matin*

— Peux-tu me dire à quoi rime tout cela, Felipe ?

Il baissa la tête, penaud.

— Je suis désolé, Elsie. Je n'aurais jamais dû profiter ainsi de toi.

— Je ne t'aurais pas laissé faire ! répliqua-t-elle fièrement. Crois-moi, j'étais tout à fait consentante, et j'ai pris autant de plaisir que toi... Pourquoi es-tu venu ici, alors que la cérémonie du couronnement va bientôt commencer ?

Il prit une profonde inspiration avant de répondre.

— Je suis venu te dire que tu dois partir sur-le-champ. J'ai fait préparer mon jet privé.

Interdite, Elsie demanda :

— Maintenant ? Je ne prends plus le vol commercial ?

— Non, murmura-t-il, tendu comme un arc. Tu n'as plus beaucoup de temps, Elsie... Il vaut mieux nous dire au revoir maintenant.

— Tu me caches quelque chose, Felipe. Parle !

— Quelqu'un, pendant le banquet, a dû avertir la presse et ils se sont renseignés sur toi. Je peux retenir la publication de leur enquête jusqu'à ce que tu sois chez toi, en sécurité, mais ensuite...

Elsie serra les dents pour combattre le tremblement

qui la saisissait. Oui, elle pouvait gérer pareille situation. Elle avait vu pire.

— Rien ne peut surpasser ce qui a déjà été publié sur moi.

— Cela va bien plus loin, Elsie, crois-moi. La haine en ligne…

— Ne me sous-estime pas, Felipe. Je suis forte.

— Je ne veux pas que tu souffres.

— Ce n'est pas la presse qui peut me faire souffrir.

Il se raidit en percevant le sous-entendu.

— Il ne peut rien y avoir entre nous, Elsie.

— Non, parce que tu l'as décrété, depuis le début. Tu ne veux causer de tort à personne ? Dommage, parce que dans la vraie vie, on fait du mal aux autres. On commet des erreurs.

Il releva la tête, le regard fier.

— Donc tu admets que ce qui s'est passé était une erreur ?

— Jamais ! Je ne le regretterai jamais.

— Je me suis servi de toi, Elsie. C'était du sexe, rien de plus !

Ce fut à elle de le toiser.

— C'est faux. Ne gâche pas ce qu'il y a eu entre nous, Felipe ! Tu ne veux pas qu'on t'aime, voilà la vérité !

— J'ai trop à faire pour te rendre heureuse, souffla-t-il.

— L'amour, ce n'est pas rendre l'autre heureux à tout prix. C'est un chemin sur lequel on avance ensemble ! Mais toi, tu ne connais que le devoir, car c'est ce qu'on t'a enseigné. Tout ce que je souhaitais, c'était rester à tes côtés, tout partager avec toi…

— Tu ne pourrais pas mener la vie que tu veux ici.

— Peut-être que non. Je sais que ton peuple a besoin de toi, je ne te demanderais jamais de négliger tes obligations. La vie publique m'effraye un peu, mais tu m'aiderais à y faire face. Et peut-être pourrais-je t'aider, moi aussi… Tu pourrais tout avoir : la couronne, une épouse, des enfants. On se soutiendrait…

Elle l'avait vu se fermer à l'écoute de son plaidoyer. Il répliqua sèchement :

— Des gens autour de moi ont essayé. Et échoué.

Parce que d'autres avaient échoué, il fallait qu'il s'interdise d'avoir une vie ?

— Tu es celui sur qui tout le monde compte, mais tu as besoin de restaurer tes forces si tu veux aider les autres. Tu dois cesser de te sacrifier, Felipe. Tu peux m'avoir auprès de toi. Je passerai ma vie à t'aimer. Je t'aime déjà…

Il fallait qu'il l'arrête ! Il fallait qu'elle cesse de le torturer avec la vision d'un avenir impossible, avec le mirage d'une relation durable, bien au-delà d'une simple aventure ! Pour se protéger, il usa du seul argument capable de la freiner.

— J'ai vu la vidéo, dit-il d'une voix rauque.

Elsie blêmit, dévastée qu'il ait trahi sa confiance.

— Et tu ne l'as pas arrêtée ? murmura-t-elle. Malgré ta promesse…

Non, il avait regardé jusqu'au bout. Parce que Elsie était trop belle. Parce que c'était trop émouvant… Et maintenant, voici qu'il la blessait encore en avouant tout, pour l'éloigner, pour repousser la tentation…

— Il t'aurait suffi de me laisser entrer dans ta vie, reprit Elsie d'une voix blanche. Mais tu ne le veux pas, je le vois bien.

— Je ne le *peux* pas ! jeta-t-il, désespéré de la voir s'étioler sous ses yeux comme tous avant elle dans ce palais.

Sa mère s'était étiolée. Son père avait fui pour ne pas dépérir. Son grand-père avait perdu le goût de vivre. Il savait ce qu'il adviendrait d'elle si elle restait ! Ne pouvait-elle le croire ? Il était en colère, à présent. Il fallait qu'elle parte.

— La véritable force, c'est de s'accepter, Felipe, de

reconnaître ses besoins. C'est de s'ouvrir aux autres, même si on a été blessé.

Ses devoirs de roi n'étaient qu'une excuse. Ce dont il avait peur, c'était d'être abandonné, comme il l'avait été par ses parents… C'était pour cela, aussi, qu'il refusait d'avoir des enfants. Elsie le comprenait et cela lui brisait le cœur.

— Je n'ai plus de temps à perdre en discussions, Elsie. Le couronnement…

— Très bien ! Je vais partir, puisque c'est ce que tu veux. Mais je t'en supplie, ne commets pas la même erreur avec Amalia. Parle-lui. Elle mérite d'être écoutée, de rester au palais si elle le souhaite. Lui as-tu seulement demandé ce qu'elle veut ?

— Je veux qu'elle soit libre.

— La liberté, c'est de savoir qu'on peut compter sur ceux qu'on aime. Toi, tu ne veux compter sur personne, et surtout pas sur moi. Tu ne veux pas de moi, car cela t'effraye…

— J'essaye de te protéger, plaida-t-il faiblement.

— Eh bien, c'est un échec ! jeta Elsie avec un rire amer. Parce que tu te protèges toi, en tout premier lieu. Vis ta vie en solitaire, si c'est ce que tu souhaites ! Et je n'ai pas besoin de ton jet privé ! Je partirai avec les autres passagers, comme je suis venue.

— Elsie, je t'en prie…

— Ça suffit, le coupa-t-elle. *Va-t'en, maintenant !*

# 17.

*Samedi, midi*

Felipe conduisait son étalon au pas, en direction de la cathédrale où il allait être couronné. Il s'avançait seul, tête nue, humble avant la consécration suprême. Autour de lui, la foule amassée restait silencieuse, comme le voulait la tradition. Le seul bruit qu'il entendait, c'était le battement du sang à ses tempes. Il fallait qu'il se calme, qu'il parvienne à se concentrer... Mais c'était peine perdue.

Elle était partie par sa faute. Parce qu'il avait trahi sa confiance et s'était servi d'elle.

*Je t'ai utilisée.*

Mais il l'avait protégée, aussi. Il se l'était promis, et cela seul comptait. Pourtant, il ne pouvait chasser de son esprit l'avenir qu'elle lui avait fait miroiter. Tout abandonner pour repartir de zéro. Il comprenait à présent le courage qu'il avait fallu à son père pour abdiquer ! En prenant cette décision, Carlos avait voulu protéger celle qu'il aimait, la mère d'Amalia, et cela, Felipe ne l'avait jamais si bien compris qu'en cet instant. Cependant Silvabon était son pays, son âme, toute sa vie. Il ne pouvait s'en détourner. Mais Elsie ? Ses paroles le hantaient.

*Tu peux m'avoir auprès de toi.*

Un fantasme le tourmentait : elle, sa concubine, cachée dans le palais... Nageant avec lui tous les matins, l'attendant tous les soirs. Elle serait son secret le mieux gardé… Mais les secrets s'éventaient, et elle dépérirait de ne plus vivre que pour lui. Elsie méritait tellement mieux ! Tellement plus que le peu qu'il lui avait donné… Elle avait tout accepté de lui, balayant ses doutes et les défenses derrière lesquelles il se cachait. Le comprenant mieux que personne. Royale dans l'âme sinon par le titre. Et lui ?

Lui allait revêtir le manteau d'hermine, symbole de pureté, mais soudain il s'en sentait indigne. Et pourtant, il fallait accomplir ce que le pays attendait de lui.

Il confia l'étalon à son écuyer. Puis, lentement, il monta les marches de la cathédrale. Il ne pouvait plus faire passer ses intérêts avant ceux de son peuple. Il ne le décevrait pas.

Alors il entra, s'agenouilla, prononça le serment solennel qui l'engageait, en toute sincérité. On posa la couronne sur sa tête. Elle était lourde, tout comme le manteau. Ses mains reçurent le sceptre et l'orbe qu'il accepta avec humilité. La musique, enfin, éclata sous les voûtes et les cloches de la cathédrale sonnèrent à toute volée, traduisant la liesse populaire. Silvabon venait de couronner son roi…

Et ce roi était seul.

Il sortit sur le parvis inondé de soleil. La foule l'acclama, scanda son nom.

Il était censé remonter à cheval, et, suivi par la procession des dignitaires, regagner le palais. C'était ainsi que le protocole le prévoyait. Mais l'image d'Elsie s'imposa à son esprit. Qu'aurait-elle fait, si elle avait été là, avec lui, en cet instant ? Elle serait allée vers la foule, elle aurait partagé ce moment avec eux. Alors, sous le regard ahuri de Garcia, il tendit les rênes de sa monture à l'écuyer et marcha vers ses sujets, qui l'acclamèrent de plus belle. Il aimait ce pays, son peuple, sa mer immense, et même le palais… Si seulement Elsie avait pu être là, à ses côtés !

— Merci, dit-il simplement en s'approchant d'un groupe massé derrière les cordons de sécurité.

Les flashs crépitaient. Un père tendit vers lui sa fillette. Et de nouveau, Felipe songea à Elsic… Elle avait ébranlé ses certitudes. Il pouvait alléger la tâche de ses successeurs, avait-elle dit. Il pouvait faire des choix. Aveuglé par son sens du devoir, Felipe n'y avait même pas pensé. Et maintenant, non seulement il y pensait mais il n'y tenait plus. Il voulait changer les choses, avec elle. Fonder une famille, et remplir ce palais de rires d'enfants…

Une voix d'enfant le ramena à l'instant présent.

— Alors toi, tu es le roi, dit l'enfant, très sérieuse dans les bras de son père. Mais où est ta reine ?

— Je n'ai pas de reine, répondit Felipe avec un sourire las.

La petite fille écarquilla les yeux de surprise.

— Alors je peux être ta reine ?

— Hélas, non, lui annonça gravement le roi.

— Parce que je ne suis pas une princesse ? demanda l'enfant, attristée.

— Non, tout le monde peut devenir reine. Tu es juste trop jeune, expliqua le roi, en lui souriant chaleureusement cette fois.

— Bon, eh bien, dépêche-toi d'en trouver une plus vieille, alors ! répliqua la fillette en fronçant les sourcils.

— Tu as raison. Je vais en chercher une, sans tarder.

Après avoir salué une dernière fois la foule, il fit signe à son écuyer et remonta sur son étalon, puis il reprit le chemin prévu sous les vivats. Il avait fait son devoir, et au-delà.

Il se contraignit à observer le rythme lent de la procession alors qu'il aurait voulu piquer des deux et regagner le palais à bride abattue ! Il serait roi, oui. Mais il serait aussi un homme. Et un homme, ce n'était pas parfait. Cela commettait des erreurs et devait savoir en demander pardon.

Une fois rentré au palais, après un défilé qui lui parut interminable, Felipe se précipita dans ses appartements, et croisa Amalia dans un couloir.

— Tout va bien ? s'enquit-elle. Tu as l'air un peu… agité.

— Je dois passer un appel. Mais avant, dit-il précipitamment, je voulais te dire… Tu n'iras pas en pension si tu ne le souhaites pas. On peut te trouver des précepteurs, ici, des professeurs de musique…

Il vit le visage d'Amalia s'animer et ajouta :

— Je croyais que tu détestais le palais, mais si tu veux rester j'en serai très heureux. Reste, s'il te plaît…

— Ça me plairait beaucoup, acquiesça Amalia en souriant.

Felipe ressentit un soulagement qui ressemblait presque à du bonheur. Peut-être pouvait-il former avec elle une petite famille… Mais il voulait plus. Il voulait Elsie.

— Merveilleux. Mais nous reparlerons de tout cela tranquillement, je dois filer, maintenant !

— Tu es sûr que ça va ? s'inquiéta Amalia.

Il lui offrit un sourire radieux.

— Certain !

Pourvu qu'il ne se montre pas trop optimiste… L'adrénaline inondait ses veines tandis qu'il montait l'escalier quatre à quatre. Il savait à présent ce qu'il avait à faire.

— Majesté, c'est l'heure d'apparaître au balcon.

Son secrétaire l'avait rejoint, tablette à la main.

— La patrouille aérienne va survoler le palais dans quatre minutes…

— Dites-lui d'attendre.

— Pardon ?

S'il en avait eu le temps, Felipe aurait explosé de rire devant l'expression parfaitement médusée de son aide.

— Retardez la patrouille. Je dois passer un coup de fil.

— Mais enfin, Majesté, c'est impossible !

— C'est possible, répondit Felipe. Il suffit de s'adapter. Pouvez-vous me passer un téléphone, je vous prie ?

# 18.

*Samedi, 15 h 40*

— Dès que la patrouille sera passée, l'avion pourra décoller.

Tout était prêt pour l'embarquement, mais Ortiz avait pour consigne de rester avec Elsie jusqu'au bout. Partout des écrans diffusaient des images du couronnement aux passagers groupés dans l'attente du départ.

Elsie les avait rejoints dans une limousine sécurisée aux fenêtres pare-balles, mais cela ne l'avait pas empêchée d'entendre la foule en liesse aux abords de la cathédrale. Ils adoraient leur roi. Et ils avaient raison. Il leur sacrifiait tout. Ce pour quoi elle aurait voulu le haïr…

Mais pourquoi aurait-il renoncé à l'amour de son peuple ? Pour elle ? Elle n'en était pas digne. Cela faisait mal, bien sûr, mais Elsie comprenait qu'aucune femme, aux yeux de Felipe, n'en était digne. N'avait-il pas rompu avec la princesse Sofia ?

— Merci, Ortiz, mais vous devriez être auprès du roi.

— Sa Majesté en a décidé autrement, répondit le garde.

— Et vous allez me suivre jusque dans l'avion ?

— S'il le faut. Je recevrai mes ordres au fur et à mesure.

Felipe voulait sans doute s'assurer qu'elle avait bien quitté le territoire. De Madrid, elle rentrerait chez elle, en Angleterre, et tenterait de s'y reconstruire. Trouver un travail stable, se faire des amis… Oui, c'était un bon projet. Bien sûr, l'enquête dont avait parlé le roi aurait des répercussions, mais cela passerait. En tout cas, ce n'était pas cela qui lui serrait le cœur.

Elle avait suivi le couronnement, s'était sentie fière pour Felipe. Tout ce qu'elle lui souhaitait, c'était de trouver un jour celle qui l'aiderait à régner. Elle voulait qu'il soit heureux. Tout en le détestant… ou plutôt, en détestant ce qu'elle ressentait pour lui.

— Alors, cette patrouille ? dit-elle à l'adresse d'Ortiz qui pianotait fébrilement sur son portable.

— Je ne comprends pas, cela devrait déjà avoir commencé…

— Quelque chose ne va pas ?

Soudain, Ortiz leva le nez de son écran.

— Eh bien, si vous voulez bien me suivre dans un bureau, dit-il. Je dois vous passer un appel, en privé.

Le cœur d'Elsie manqua un battement. Que se passait-il ? N'allait-elle pas pouvoir prendre l'avion et s'envoler vers un avenir tranquille, enfin ?

Elle suivit Ortiz à contrecœur et quand celui-ci lui eut passé son portable, il se retira.

— Elsie, il faut qu'on parle…

La voix de Felipe était rauque et il semblait pressé.

— Maintenant ? Mais… tu es censé apparaître au balcon dans un instant ! Le monde entier t'attend !

— Ils attendront deux minutes de plus.

— Et le vol, et les autres passagers ? Nous ne pouvons pas partir avant que la patrouille aérienne soit passée, tu le sais bien !

— Le vol est suspendu jusqu'à la fin de cette conversation. Tu peux monter dans cet avion, ou bien revenir au palais. Mais je te préviens, si tu pars, je te suivrai à peine la cérémonie achevée. La presse le saura, et cela fera scandale. Est-ce vraiment ce que tu veux ?

Non, ce qu'elle voulait, c'était lui…

— Nous nous sommes déjà tout dit, Felipe. Je t'en prie…

Elle ne put continuer, car l'espoir venait de renaître en elle.

— Ne pars pas, Elsie, murmura Felipe avec douceur. Ne me quitte pas, je t'en supplie…

Tout Silvabon regardait le ciel mais le roi, lui, ne quittait pas des yeux la route qui menait à l'aéroport. Une limousine noire approchait, évitant les lieux où se massait la foule… Elle serait là dans quelques minutes et il ne s'était jamais senti aussi nerveux.

Où fallait-il qu'Ortiz la conduise ? À sa chambre était son premier choix. Ou dans la grotte ! Mais non, rien de cela ne convenait. Car s'il leur fallait de l'intimité, Elsie ne devait aucunement se sentir prisonnière.

Sa bibliothèque personnelle serait le lieu idéal, conclut-il après mûre réflexion. La pièce était tranquille, à l'écart, et, ne s'y étant jamais rendue, Elsie n'y avait aucun souvenir. Il transmit rapidement ses ordres à Ortiz et quelques minutes plus tard, Elsie l'y attendait. Elle était pâle, le regard las, et il lui fallut toute sa détermination pour ne pas courir à elle et la serrer dans ses bras. Car elle avait besoin d'entendre d'abord ce qu'il avait à dire, et lui de mettre des mots sur ce qu'il ressentait si profondément.

Dès qu'il fut près d'elle, les paroles jaillirent sans qu'il puisse les arrêter.

— Tu sais ce que je veux, Elsie ? Ce que je veux vraiment ? Tu avais raison de dire que je suis possessif, égoïste, car je te veux à moi. À moi seul ! Je ne veux te partager avec personne, pas même Amalia. Mais si tu deviens mon secret le mieux gardé, cela te détruira. Tu mérites tellement mieux ! Pourtant, je veux que notre histoire ne s'arrête jamais… Tu as tellement dû souffrir par ma faute, et j'en suis tellement navré ! Ne pars pas, Elsie, je t'en supplie. Si tu acceptes de rester, ce sera pour la vie. Ma vie. Avec toi.

Felipe vit une larme rouler sur la joue d'Elsie. Sa plus grande frayeur était qu'elle souffre encore, par sa faute. Il ne voulait plus jamais la voir pleurer. Mais elle fit un pas vers lui.

— Je sais qui tu es, même si tu ne le sais plus toi-même : tu peux être à la fois roi et homme, amant et ami, mari et père, dit-elle en un souffle.

Le cœur de Felipe battait la chamade.

— Je ne sais pas encore comment je vais m'y prendre…

— Mais tu n'es plus seul. Peut-être pouvons-nous y réfléchir ensemble ?

Une ébauche de sourire apparut sur les lèvres de Felipe.

— Oui. Ensemble. Tu as raison.

Alors elle s'avança et il lui ouvrit les bras. Mais au lieu de la tenir contre lui, Felipe s'agenouilla, le visage pressé contre son ventre, silencieux, recueilli.

Elsie se laissa envahir par les émotions. Elle avait trouvé son port d'attache, enfin. Jamais elle ne quitterait celui qu'elle aimait.

— Je t'aime, Elsie, murmura-t-il, se relevant enfin pour la regarder au fond des yeux. Je serai le plus heureux des hommes, si tu restes. Tu es tout pour moi.

Le sourire d'Elsie trembla sur ses lèvres.

Leur baiser fut tumultueux, entrecoupé de larmes et de rires. Leurs cœurs s'étaient rejoints, et leurs corps s'exprimèrent eux aussi.

— Comment fait-on pour ôter les brandebourgs de ce

maudit uniforme ? s'agaça Elsie, alors qu'il la déshabillait et qu'elle tentait de faire de même.

Dans un éclat de rire, il l'aida et bientôt, ils furent nus l'un contre l'autre. Elsie tremblait d'impatience. Et dire qu'un moment plus tôt, elle avait cru tout perdre ! Mais il la regardait avec un mélange de joie et d'adoration dont jamais elle ne se lasserait.

— Je sais que ce n'est ni l'endroit ni le moment, mais j'ai trop envie de toi ! dit-il d'une voix rauque.

— Et moi de toi, Felipe.

Il y eut encore des pleurs dans le feu de leurs retrouvailles, mais le plaisir finit par l'emporter.

— Je suis à toi, promit Felipe d'une voix déchirée avant de la rejoindre dans un orgasme éblouissant.

Ils restèrent soudés l'un à l'autre longtemps après les derniers spasmes de délivrance.

— Je t'aime, Elsie, murmura Felipe avec tendresse. Nous allons vivre autrement, construire chaque jour notre propre bonheur…

— Et Amalia ? interrogea Elsie, fidèle à sa jeune amie. Elle fait partie de ton projet de changement ?

— Tu avais raison à son sujet. Je lui ai parlé et elle veut rester ici. Je suis content qu'elle en ait décidé ainsi. Nous lui trouverons les meilleurs professeurs de musique.

Un sourire ravi s'épanouit sur le visage d'Elsie.

— J'en suis tellement heureuse ! Et maintenant, Majesté, reprit-elle avec un clin d'œil, ne serait-il pas temps de te consacrer à tes invités ? Les cérémonies du couronnement ne sont pas achevées, que je sache…

Il hocha la tête, dubitatif.

— J'aimerais les renvoyer tous chez eux…

— Ce serait une drôle de façon d'inaugurer ton règne, répliqua Elsie en riant, tout en appréciant son désir de rester seul avec elle.

— Veux-tu participer au dîner de ce soir ?

— Non, dit-elle, sincèrement reconnaissante. C'est trop tôt. Je vais t'attendre dans ta chambre... Et rester ton petit secret le temps que nous sachions comment nous y prendre pour annoncer cela à tous. Rien ne presse.

C'était vrai. En cette incroyable journée, ils s'étaient trouvés, et ils avaient l'éternité devant eux.

# 19.

*Deux ans après, 22 h 18*

Une fois marié, Felipe Roca de Silva y Zafiro, loin des caméras et des photographes qui avaient suivi les festivités, réfléchissait au meilleur moyen d'équilibrer sa vie. Mais petit à petit, il y parviendrait. Grâce à celle qui venait de devenir sa femme…

Leurs obligations du jour avaient été remplies. À présent, la suite leur appartenait.

Il prit Elsie par la main et la conduisit à l'escalier creusé dans la roche. Cela faisait plus de vingt-quatre heures qu'ils n'avaient pas été seuls une seconde et Felipe n'y tenait plus. Il voyait bien qu'il en allait de même pour Elsie, dont les yeux pétillaient d'impatience.

La grotte serait leur refuge… Mais pas question d'y aller à la nage, cette fois : entre sa robe rebrodée de perles, les joyaux qu'elle portait et la tiare que toutes les mariées royales de Silvabon revêtaient pour leurs noces, Elsie se serait noyée dans la seconde !

— On ne va pas à la grotte par le chemin habituel ? demanda Elsie. J'aurais pu ôter la robe…

— Désolé, mon cœur, répliqua Felipe, je sais que tu as hâte que je te déshabille, mais il va te falloir être encore un peu patiente…

Elle lui jeta un regard de braise. Oui, il l'avait bien deviné, elle mourait d'envie qu'il défasse une à une les petites perles qui boutonnaient le dos de sa robe de mariée… Mais il en avait autant envie qu'elle. Et c'était pour cela qu'il avait abrégé leur présence au bal, plantant là les invités pour la meilleure des causes : leur nuit de noces !

Il avait fait préparer la grotte pour eux ce soir : un tapis aux motifs élaborés protégerait leurs pieds, une couche les attendait, drapée de soie… Des bougies répandaient une douce lumière et un parfum d'épices. Sur un plateau de cuivre finement travaillé les attendaient mille douceurs. Il leur suffirait de tendre la main pour apaiser leur faim. C'était un conte des *Mille et Une Nuits* qu'il voulait lui offrir pour le soir de leurs noces.

— Felipe, c'est merveilleux ! murmura-t-elle en découvrant leur refuge métamorphosé.

Puis elle s'interrompit, le souffle soudain coupé. C'était donc dans ce décor de rêve, préparé spécialement pour elle, qu'elle allait lui dire…

Mais déjà Felipe s'attaquait à sa robe.

— Felipe, ne déchire pas le bustier ! Ne doit-on pas exposer cette robe parmi les trésors du palais ?

— Je suis sûr qu'un habile couturier pourra la réparer. Elle est magnifique et te va à ravir, mais ces dizaines de petits boutons, quelle torture !

Cachés de tous, ils firent l'amour tendrement, follement, et ce fut un moment de pure magie, un moment paradisiaque.

— Nous garderons ce lit ici, décida Felipe quand ils eurent repris leur souffle. Je me demande comment je n'y ai pas pensé plus tôt !

Elsie posa la tête sur sa poitrine, mêlant ses doigts aux

siens, admirant leurs alliances qui brillaient à la lueur des bougies.

— Je ne pouvais rêver meilleure destination pour ma lune de miel, mon cher époux.

Ensemble, ils avaient déjoué les pièges de la presse à scandale qui avait tenté de salir Elsie en révélant l'histoire de sa famille.

Le peuple, quant à lui, avait vu que la fiancée du roi le rendait heureux. Les gens avaient pris fait et cause pour elle et peu à peu, faute d'écho, la presse s'était lassée de la harceler. Felipe en avait été encore plus soulagé qu'elle, ce qui faisait sourire Elsie. Elle lui avait bien dit qu'elle était forte…

Elsie avait gagné les cœurs d'autant mieux qu'elle s'était lancée dans une campagne de soutien pour aider ceux qui s'occupaient des autres, visitant sans relâche hôpitaux et hospices, loin des caméras. Certains reporters avaient bien tenté de moquer ses initiatives, mais Elsie ne leur avait pas fait l'aumône d'une seconde de son attention : elle savait que son travail pouvait changer les choses et elle le poursuivrait sans fléchir.

— Amalia a rempli à la perfection sa mission de demoiselle d'honneur.

— Mais tu as vu certains des commentaires en ligne ! grommela Felipe. Ce n'est qu'une enfant !

— Une enfant de seize ans ! s'exclama Elsie en riant. Elle a conquis le public dans sa robe de demoiselle d'honneur. Mais rassure-toi, elle va bientôt partir poursuivre ses études et la presse la laissera tranquille. Quand il n'y a rien à raconter…

— J'espère que tu as raison, soupira Felipe.

Amalia, après ces deux années passées à se reconstruire au palais, avait accepté d'entrer dans un conservatoire de musique à l'étranger. La composition était sa passion, elle pourrait y parfaire ses talents et laisser libre cours à son besoin de création. Elsie aussi créait… dans un autre domaine. Il était temps de le dire, à présent.

— Felipe ?

Elle s'interrompit, laissant monter le suspense.

— Mon amour ? Qu'allais-tu me dire ?

— Que nous allons bientôt causer un autre scandale dont la presse pourrait s'emparer…

— Pardon ?

Devant ses yeux écarquillés, elle se mit à rire et précisa :

— Enfin, plus exactement, c'est moi qui vais faire scandale.

— Pourquoi donc, Elsie ? dit doucement Felipe en embrassant la peau si douce, juste au-dessus de son nombril.

Elle frissonna. Non pas de peur mais de tendresse.

— Les mauvaises langues vont dire que je t'ai obligé à m'épouser.

— Comment cela ?

— À cause du bébé…

Il se releva d'un bond. Ses yeux s'étaient assombris. Il posa une main possessive sur son ventre.

— Un bébé ? Tu attends un bébé ?

— Oui, dit-elle, les yeux pleins de larmes.

Mais le sourire de Felipe était triomphant.

— Notre bébé… Oh ! Elsie…

Il l'embrassa avec un mélange de fougue et de tendresse qui la remua jusqu'au tréfonds de son âme.

— Chérie, je crois que les mauvaises langues n'auront que le choix de se taire puisque notre mariage a été annoncé il y a plus d'un an ! Et dire qu'il a fallu tout ce temps pour régler les préparatifs…

Étourdi de bonheur, Felipe se pencha sur elle et l'amour, à nouveau, eut la préséance.

S'ils avaient pris le temps de regarder la mer, ils auraient vu les couronnes scintillantes du feu d'artifice qu'on tirait en l'honneur de leurs noces.

Mais ils étaient bien trop occupés à s'aimer.

Retrouvez prochainement,
dans votre collection

# AZUR

**Les mariés de Dubaï, de Louise Fuller - N°4609**

Délaissée par Omar al-Majid, l'homme qu'elle a épousé trop vite, Delphi se résout à le quitter. Son mari ne vit que pour son travail – son empire ! – or elle finira le cœur brisé si elle prolonge leur mariage. À sa grande surprise, pourtant, Omar vient la retrouver pour exiger qu'elle rentre avec lui à Dubaï. Troublée par l'intérêt qu'il lui porte soudain, Delphi accepte de le suivre, non pas pour succomber de nouveau à son charme mais plutôt pour lui prouver que leur union n'est qu'un mirage…

**La vengeance de Vidal Suarez, d'Abby Green - N°4610**

Enfin ! Vidal Suarez tient sa vengeance ! Voilà des années qu'il attend le moment où il pourra se confronter aux Flores, ces odieux aristocrates qui ont brisé son père et fait de sa propre enfance un enfer. Parce que Eva, leur héritière, cherche désespérément à vendre le *castillo* familial, il a l'occasion de lui imposer sa volonté en lui rachetant son domaine. Bientôt, la belle Espagnole qui ne voyait en lui qu'un méprisable jardinier goûtera à la toute-puissance du milliardaire qu'il est devenu…

**Le vœu d'un cheikh, d'Annie West - N°4611**

Rosanna n'a pas l'habitude d'embrasser de parfaits inconnus… Raison pour laquelle elle ne parvient pas à oublier l'homme qui, l'espace d'un instant, lui a fait perdre la raison. Dans les bras de Salim, elle s'est sentie plus vivante que jamais, vibrante de désir – avant qu'il disparaisse dans la nuit. Or voilà qu'il se présente bientôt dans son agence matrimoniale. L'homme qui hante ses pensées n'est autre que le cheikh de Dhalkur et il attend de Rosanna qu'elle lui trouve une épouse !

**La maîtresse d'un patron, de Cathy Williams - N°4612**

Secrétaire consciencieuse, Grace n'a ni le temps ni le droit de fantasmer sur son patron, Nico Doukas, même s'il est l'homme le plus attirant de la Terre ! Pourtant, à la faveur d'un séjour en Grèce, leur relation professionnelle vire brutalement en liaison torride… Bouleversée par les sensations qui l'assaillent, Grace l'est davantage encore de se découvrir *amoureuse* de Nico. Saura-t-elle reprendre la place qui est la sienne quand tous deux seront de retour au bureau et oublier cet interlude délicieux au côté de celui qui fait battre son cœur ?

**Entre devoir et passion,**
**de Julieanne Howells - N°4613**

Le prince Léopold von Frohburg n'est pas du genre à s'embarrasser de sentiments. Depuis toujours, c'est le devoir qui régente sa vie. Aussi est-il fort contrarié que sa promise, la princesse Violetta, ait osé lui faire faux bond le jour de leurs noces, sous prétexte qu'ils ne s'aimeront jamais. Pas question de laisser la jeune femme saboter la réunification de leurs deux pays. Quand il l'aura retrouvée, Léo exigera de Violetta qu'elle l'épouse et assume ses responsabilités en lui donnant un héritier !

**Amoureuse du milliardaire,**
**de Rachael Stewart - N°4614**

Bree a abandonné son existence citadine pour soigner son cœur brisé dans un petit village. Alors qu'elle se croit à l'abri de toute romance, voilà que débarque dans sa pâtisserie Theo Dubois, un milliardaire bien connu de la région dont il est originaire. À peine croise-t-elle son regard qu'elle voit tous ses sens bouleversés, comme si elle revenait à la vie. Une émotion qui ne fait que grandir le jour où Theo lui propose de l'accompagner à Paris…

**La beauté des mers, de Chantelle Shaw - N°4615**

Alors que son navire sombre dans une mer déchaînée, le prince Eirik croit sa dernière heure arrivée. Mais une jeune femme aux airs de sirène le sauve des eaux pour le conduire jusqu'au rivage… avant de disparaître. Incapable de l'oublier, il se met à sa recherche. Sitôt qu'il retrouve Arielle, Eirik lui propose de l'accompagner au Fjernland, son royaume, où il prendra soin d'elle. Ce qu'il ignore encore, c'est que la belle a un secret qui pourrait bien, s'il était révélé, les entraîner tous deux dans un retentissant scandale…

**Tentée de le séduire, d'Emmy Grayson - N°4616**

SÉRIE : *LES FRÈRES CABRERA* - 1/3

Everleigh se consacre corps et âme au vignoble familial. Aussi est-elle furieuse d'apprendre que son père compte le vendre à Adrian Cabrera. Résolue à affronter cet homme d'affaires sans scrupule pour protéger son héritage, elle provoque une rencontre avec lui lors d'une luxueuse réception. Mais face à Adrian, Everleigh, d'habitude si combative, se sent brusquement vulnérable, tandis qu'elle est gagnée par une passion dévorante pour son ennemi. Au point d'être tentée de le séduire ?

## Minuit à Venise, de Clare Connelly - N°4617

SÉRIE : *RELATIONS PRIVÉES* - 2/3

Lorsque Ares Lykaios lui a demandé d'être sa cavalière le temps d'un bal, Bea aurait dû refuser, ne serait-ce que pour remettre à sa place l'arrogant magnat grec. Mais comment aurait-elle pu s'opposer à cet homme qui, en plus d'être outrageusement séduisant, est aussi le plus gros client de son agence de relations publiques ? Maintenant qu'elle danse avec lui, sous les lustres d'une soirée enivrante, Bea sent ses défenses se briser en même temps qu'elle succombe au plaisir d'un baiser inattendu. Une passion nouvelle qu'Ares lui propose d'explorer en l'accompagnant à Venise…

## Un désir royal, de Jennifer Faye - N°4618

Indigo déteste la famille royale de Rydiania, qui autrefois a froidement chassé ses fidèles et loyaux sujets au nom de la Couronne. Bannie du royaume alors qu'elle n'était qu'une enfant, elle a connu l'exil et la peur. Aujourd'hui qu'elle doit peindre le portrait officiel du prince Istvan, elle a toutes les peines du monde à lui cacher la haine qu'elle lui voue. Hélas, chaque coup de pinceau lui révèle d'autres émotions à l'égard de l'héritier honni. Cet homme qu'elle devrait mépriser pour ce qu'il incarne est l'objet de tous ses désirs…

## Liaison en Grèce, de Bella Frances - N°4619

Coral n'en croit pas sa chance ! Non seulement elle vient d'être embauchée comme photographe pour un célèbre magazine, mais elle va faire son premier reportage sur Hydros, une fabuleuse île grecque. Sur place, alors qu'elle s'émerveille de la splendeur des lieux, elle rencontre Raffaele Rossini, son patron. Doté d'une aura sensuelle, celui-ci la trouble immédiatement. Or, si Coral s'efforce de rester professionnelle, l'attirance qu'elle ressent pour Raffaele devient vite incontrôlable, quand celui-ci projette de la mettre dans son lit…